해군장관 몬티 밀러

정실 대전.

이 바닥에 있다 보면 피할 수 없는, 결코 우스갯소리로 넘길 수 없는 팬덤 간 내전 중 하나다.

나 역시 이와 같은 전쟁은 수도 없이 겪어 오긴 했다.

당장 20년 만에 (매우 과정이 석연찮아서 존재 자체를 부정하고 싶지만) 세계 챔피언 자리에 오른 일본산주머니괴물수집소년도 수많은 정실 논쟁을 거치지 않았는가.

난 어느 쪽이었냐고? 매일 밥해 준 실눈 형님이다. 매번 다른 지방 갈 때마다 대뇌피질이 리셋되는 놈이 무슨 놈의 연애냐, 연애는.

걘 애를 낳아도 다른 지방 넘어가면 "누구더라?" 할 거다. 말이 되냐고? 그럼 도가스에 도감 들이대는 건 말이 되고?

 그래서 특정 장르를 제외한 웹소설의 주 메타는 No 히로인, 혹은 단일 히로인 체제가 강했는지도 모르겠다.

 그 지옥 같은 '정실 논쟁'이 주 메타였던 러브코미디 라노벨 시절, 정실 대전을 겪고 나면 아무래도 싸움은 최대한 덜 나는 방향으로 가고 싶어지지.

 절대 작가님들이 모쏠이 많아 그런 건 아닐 것이다. 아무튼 아니다!

 나 역시, 〈피터 페리〉의 후반부는 나름대로 포셔 페리로 히로인을 정해 두고 썼다고 생각했다.

 물론 포셔가 승자가 된 이유에는 아무래도 강력한 포셔파였던 밀러 씨의 입김도 강했지만, 그 이상으로…… 결혼하기 전이지 않았는가.

 아무래도 '원래 있던 자리로 돌아가야 한다'라는 시간 표류자 특유의 그게 좀 많이 들어가긴 했지.

 결국 포셔가 선정된 건 나름대로 합리적인 선택이었다고 생각했고, 몬티와 매지도 "엄마 아빠가 그렇게 만났다고……."라던가 "뭔가 좀 거시기하네……." 같은 반응을 보였을 뿐, 납득은 하는 모양새였다.

 "그런데 왜 인제 와서 불타는 건데……."

 나는 어이없는 눈빛으로 중얼거렸다.

 아니, 불타려면 15년 전에 불탔어야지! 왜 그게 인제 와서 불타는 건데?!

물론 불타는 게 나쁘냐 좋냐를 따지면 좋은 거긴 하다. 사회보장보험, 의회법 개정안, 중국 내전 등등에 돌아갈 신경이 전부 여기에 쏠리고 있으니까.

하지만 나로선 이해가 안 된단 말이지, 이해가…… 그렇게 하소연했더니, 벤틀리 출판사의 사장이자 내 담당 편집자, 리처드 벤틀리 주니어 씨가 허허로이 웃음을 지으며 말했다.

"왜냐니요, 작가님. 기억 안 나십니까?"

"예? 기억이요? 그러니까, 그때 제가…… 아."

나는 잠시 입을 벌렸다.

그러고 보니 그때 내가 꾀병 부려서 여론이 폭발했었지. 겸사겸사 프랑스에 요양 간다는 팩트도 살짝 섞어서.

그때 졸지에 욕을 진탕 먹었던 우리의 군량 담당자…… 아니, 벤틀리 씨는 어딘가 먼 곳을 보는 눈으로 말했다.

"그때 제가 얼마나 혼났는지 모릅니다. 돌 날아온 적도 있었다고요."

"하, 하하. 죄송합니다……."

"아닙니다. 그다음에 저도 더 큰 성공을 거두지 않았습니까? 하하."

너스레를 떨며 말하던 벤틀리 씨는, 마치 어딘가 시원시원한 사람 특유의 목소리로 말했다.

"그러면 작가님, 기왕 이렇게 된 거…… 이번 기회에 그거 어떻습니까?"

"어떤 거요?"

"작가님은 이미 수많은 작가님과 협업을 해 보시지 않으셨습니까. 당장 매슈 배리 작가님도 〈피터 팬〉을 쓰셨고요."

"아, 그건 그렇죠."

나는 고개를 끄덕이며 말했다.

뭐 매슈 배리 작가님은 내가 없었어도 〈피터 팬〉을 쓰셨겠지만, 이 세계 선에서 이 사람들이 아는 판본은 나와의 공동 저작이지.

그런 나를 보며 그는 반짝반짝 눈을 빛내기 시작했다.

"예. 그런 식으로 다른 작가님들이 논캐넌(non—cannon)으로 스핀오프 외전집을 내보내는 건 어떻습니까?"

"호오······."

그의 제안에 나는 잠시 고민을 해 봤다.

그리고 결론.

"괜찮은데요?"

그러고 보니 웹소설 시장에선 별로 없어서 그렇지, 일본 만화나 라이트노벨 쪽에선 그런 식의 외전, 그러니까 앤솔로지(Anthology)를 내는 작품들도 제법 있었지.

"물론 저도 저희 루시와 결혼한 입장에서, 딱히 포셔와의 엔딩이 문제라는 생각은 없긴 합니다만, 다른 히로인과 결혼해서 명예뿐인 이름이 아닌 정식으로 요정왕이 된 피터라든가, 그런 식의 미래도 흥미가 생기긴 해서 말입니다."

"으음, 그렇군요."

그러고 보니 '피가 이어지지 않은 의붓 여동생'과 결혼한 밀러 씨보다 살짝 멀긴 하지만, 리처드 벤틀리 씨의 사모님인 루시 로자몬드 벤틀리 씨도 사촌 관계였다.

음음, 재밌겠네. 나는 고개를 끄덕이며 찬성했다.

"좋군요. 그러면 작가 연맹 쪽에서 모집해 볼까요?"

"하하, 그랬다가는 신청작으로 백과사전을 만들어야 할지도 모릅니다."

그리고— 라고 말하면서, 벤틀리 씨는 묘하게 푸근한 목소리로 말했다.

"그걸 편집하다간, 제가 은퇴할 날짜를 많이 놓치겠지요."

"……벤틀리 씨."

나는 뜬금없는 말에 그를 마주 보며 말했다.

"은퇴하실 생각입니까?"

"물론입니다. 저도 슬슬 나이가 예순이 가까워지고 있으니까요. 동양에서는 환갑이라고 한다지요?"

"그렇지만……."

나는 슬며시 말꼬리를 흐렸다.

벤틀리 씨는 1854년생. 확실히 3년 뒤에는 환갑의 때가 돌아온다.

"하지만 아직 정정하지 않으십니까? 당장 밀러 씨도 건

강하고, 국왕 폐하는…… 음, 그래도 아직은 살아 계시고요."

국왕 에드워드 7세는 1841년생, 밀러 씨는 1846년생이다.

사실 내가 원래 아는 역사상으로는 둘 다 이미 돌아가셔도 이상하지 않다.

하지만 밀러 씨는 내가 직접, 에드워드 7세는 건강 노하우를 전해 들은 조지 왕세자가 붙어서 술과 담배와 당류를 멀리해서 그런지 어찌어찌 살아서 국정을 돌보고 있다.

그뿐이냐, 내가 이번에 미국 가서 오 헨리한테 이야기 들어 보니까 페니실린 연구가 어느 정도 진척이 있었다더라.

진짜로 멜론이 답이었어. 괜히 다른 거 하다가 빙 돌아갔다니까.

아무튼 그런 식으로 '돈으로 해결되지 않는다면 돈이 부족한 게 아닌지 생각해 본다' 같은 부분에 돈을 쏟아붓다 보니, 건강 기대 수명이 조금씩이나마 올라가고 있다.

그러니까 벤틀리 씨도, 예? 조금만 더 안될까요?

"하하, 저도 지금 당장 은퇴하겠다는 건 아닙니다. 다만 슬슬 준비는 해야지요."

"하지만……."

"사실 작가님, 전 원래 30년 전, 1880년대부터 아버지에게 이 일을 배우긴 했습니다만…… 이 길로 성공할 거라는 생각은 전혀 안 들었습니다."

씁쓸히 웃으며 리처드 벤틀리 주니어, 3대째 벤틀리 출판사의 사장을 맡은 남자는 회한을 담아 말했다.

"출판업 시장은 나날이 치열해졌고, 수익성은 점점 하락했으니까요. 솔직히 저도 아버지 돌아가시면 회사를 팔아야겠다, 어렴풋이 그렇게 생각하고 있었습니다."

"예전에 들었던 기억이 있군요."

"하하, 그렇지요. 그런데…… 그런 제게 〈피터 페리〉가 내려왔지요."

벤틀리 씨의 어조는 마치 '수태고지가 내려왔다'와 비슷했다. 그 기적을 목도 했던 순간을 회상하며, 그는 눈을 반짝반짝 빛내고 있었다.

나는 그저 그 말을 들으며 고개를 끄덕일 뿐이었다.

"부족한 제 눈으로도 알 수 있었습니다. 이것은 된다. 그리고 그렇게 되었습니다."

하지만, 하고 벤틀리 씨는 고개를 저었다.

"그보다 더 대단한 것은, 작가님이셨습니다. 지금이야 보편적으로 받아들여지지만, 어느 작가가 그때 '주간 연재는 성공할 수 있다'고 하겠습니까. 그 찰스 디킨스가 아닌 다음에야 누가요."

"하하, 그때는 돈에 좀 많이 미쳐 있었죠."

지금은 아니냐고? 어…… 그렇게 물으면 딱히 할 말은

없긴 한데.

아무튼 벤틀리 씨는 껄껄 웃은 뒤 말했다.

"예. 솔직히 제가 봐도 많이 미쳐 보였습니다. 아무리 귀족의 입김이 약한 시절이었다지만, 〈빈센트 빌리어스〉 같은 걸 출판하자니. 죽고 싶어서 환장한 것도 아니고요."

"크흠, 컴."

"그리고 저도 거기에 따라 미쳤지요."

돈을 위해서.

벤틀리 씨는 그렇게 무언가를 잡아채듯, 허공에서 빈손을 움켜쥐었다.

그 손엔 아무것도 없지만, 벤틀리 씨는 그 무엇보다 큰 것을 잡아낸 듯 보였다.

"그리고 그 덕에…… 어느새 반평생을 출판사 일을 하며, 아버지나 할아버지와는 비교도 하지 못하는 부와 명예를 얻었습니다."

이게 다 작가님 덕분입니다.

벤틀리 씨가 얼굴 가득 푸근한 미소를 걸었다.

과연, 어쩐지 갑자기 그런 제안을 한다 싶더니만. 이건 벤틀리 씨에게 있어서 나름의 수미상관이라는 것이다.

시작과 끝을 함께하겠다는…… 그렇다면.

"작가님의 첫 담당 편집자가 된 건, 제 인생 최고의 행운이었다고 생각합니다. 정말로…… 영광이었습니다. 작가님."

"……저도 마찬가지입니다. 벤틀리 씨."

나는 진심을 담아 말했다.

본래 작가 일이라는 것은 외롭다.

순백의 지면 위에 활자를 채우는 일은 사막에 나무를 심는 기분이고, 그것을 팔릴 만한 분량까지 뽑아내는 건 바위를 굴리는 시시포스가 되는 기분이다.

머릿속에 떠오른 장면을 그대로 문장이나 그림, 영상으로 변환해 주는 기계나 AI가 나오는 건 아마 모든 작가의 염원 아닌 염원일 것이다.

이것은 아직 활자의 영역에 있는 작품일수록 더하다. 물론 혼자 하는 경우도 있지만 대개 프로의 영역에서 만화가에게는 어시가 있고, 영상은 감독과 배우와 기타 등등이 있다.

게임이나 음악은 장르에 따라 다르겠지만, 아무튼.

남은 나 대신 내 원고를 써 줄 수 없고, 조언받는다 한들 내 이야기로 바꾸려면 그 조언에 대한 충분한 이해, 분해, 재구축이 선행되어야 한다.

결국, 모든 것은 내가 스스로 해야 하는 직업이란 것이다.

그렇기에 편집자의 존재는 대단히 중요하다. 외로운 작가의 작업에 유일하게 간섭할 수 있는 존재니까.

물론 전혀 간섭하지 않는 케이스도 있을 것이고, 그것도 그것 나름대로 작가와 편집자 간의 관계겠지 아마.

이 관계를 어떻게 구축하느냐에 따라, 작가의 성공과

실패가 달라진다.

충분한 재능이 있는 작가가 편집자를 잘못 만나 실패한 케이스도, 재능이 애매한 작가가 포장이 잘 되어 단기적으로는 잘 팔리는 경우도 종종 있다.

작가와 원수지간이 되어 버리는 편집자도 있고, 작가와 가족처럼 지내는 편집자도 있다.

그런 의미에서— 벤틀리 씨는 능력적으로 최고의 편집자는 아니었을지 모른다. 최고의 출판사 사장도 아니었을지 모른다.

하지만 한슬로 진이라는 작가에게 있어서는, 더할 나위 없이 최적의 편집자였다.

"하하, 그렇다고 뭐 당장 은퇴하겠다는 건 아닙니다. 그저 이번 앤솔로지까지만 하겠다는 것이지요."

벤틀리 씨가 너스레를 떨며 말했다.

나는 눈시울이 붉어지는 걸 참으며 고개를 끄덕이곤 말했다.

"예. 그러면 반드시 최고의 작가님들로 채워야겠네요."

"이런, 대단히 치열하겠군요. 거절하는 것도 일이겠습니다."

"에이, 그래도 이런 돈도 안 되는 거에 그 정도 분들이……."

뭐, 축전 같은 거니까 아무래도 평소 친하게 지내는 작가님들을 생각하면 아서 코난 도일 작가님이랑 매슈 배리 작가님, 그리고 허버트 조지 웰스 정도려나?

나는 그때만 해도 그렇게 안이하게 생각했고.

그래서는 안 됐다…….

"세상에."

아니, 뭐가 이렇게 많아.

나는 깜지처럼 빼곡이 쓰인, 그 자체로 책 하나를 만들어도 될 법한 작가님들의 신청서를 보며 입을 다물 수 없었다.

* * *

한슬로 진이 〈if. 이루릴과 결혼해 오베론 아카데미아 교장이 된 피터 페리 — 허버트 조지 웰스〉, 〈if. 런던에 흘러들어와 또 다른 어둠 요정과 마주친 알비스 — 헨리 제임스〉, 〈if. 마브와 혼인해 정식 요정왕이 되어 여러 요정들을 둘러보는 피터 페리 — 윌리엄 버틀러 예이츠〉 등의 스핀오프 기획안을 둘러보고 검토하느라 머리가 빠개지던 그 시점.

얼마 전 재선에 성공한 자유당 의원, 몬티 밀러는 잔뜩 긴장한 채 버킹엄 궁전에 들어가야 했다.

"축하하네, 루이스 몬태규 밀러 군. 아니, 이제 해군장관(First Lord of the Admiralty)이라고 불러야겠군."

"감사합니다. 왕세자 전하."

조지 왕세자.

현 계승서열 1위이자, 곧 영국의 왕이 될 남자. 그리고…….

"한슬과 만날 때 종종 봤던 것 같은데, 그때 그 어린아이가 어느새 이렇게 믿음직한 나라의 동량이 되었군."

"왕세자 전하께서 보듬어 주신 덕입니다."

한슬의 친구.

어렸을 때야 허풍 비슷한 거라고 느꼈지만, 진짜로 허물없이 왔다 갔다 하는 데다, 경사 때마다 찾아오니 이걸 어떻게 믿지 않을까.

"너무 긴장하지 말게. 공무를 위해 부른 거기도 하지만, 내 나름대로 한슬의 동생 같은 아이가 그렇게 잘나간다길래 한번 보고 싶었던 것도 있으니."

"하, 하하."

"그래, 한슬은 요즘 많이 바쁘다지?"

"언제나 그렇지요. 자기 무덤을 자기가 팠습니다."

한숨을 쉰 몬티는 고개를 저으며 그가 들은 〈피터 페리 IF 앤솔로지〉에 대해 해설했다.

그가 기억하기로만 런던에서 다섯 손가락 안에 들 최고의 소설가들이 단편을 쓴다는 말에, 조지 왕세자 또한 흥미롭게 고개를 끄덕였다.

"역시 그 친구군. 말로는 놀고 싶다고 그렇게 말하면서, 정신 차려 보면 늘 스스로 일을 만들지."

"조선에는 부창부수(夫唱婦隨)라는 말이 있다더군요. 한슬은 늘 자기 부인이 일 중독이라고 하지만, 제가 보기엔 거기서 거깁니다."

"자네도 그렇게 느꼈나? 지난번엔―."

그런 식으로.

그 낯가리는 것으로 유명한 조지 왕세자는 어렸을 때부터 어깨너머로 보았던 아이에게서 익숙한 친구의 모습을 보며 그것을 해소했고, 몬티는 한슬로 진의 뒷담화를 하며 왕세자에게 '형 친구'와의 관계를 재설정할 수 있었다.

그리하여.

"그러면, 이제 공무에 대한 이야기를 해 보지."

"예. 전하."

심각한 이야기를 할 때쯤에는, 몬티도 비교적 침착해진 상태로 이야기를 할 수 있었다.

"자네도 알다시피 해군장관은 거의 자리만 데우는 자리지. 아마 이번에 신설된 공군장관(First Lord of the Air)도 비슷할 것이었고. 하지만 자네와 그…… 자네 친구, 스펜서 처칠 가의 방계."

"윈스턴 처칠입니다. 전하."

그리고 친구 아닙니다.

몬티 밀러는 가볍게 이를 갈며 말했고, 그 모습에서 어째 친구가 칠색 팔색하던 모습을 떠올린 조지 왕세자는 피식 웃으면서 고개를 끄덕였다.

"그래. 자네들과 같은 젊은 자유당의 인재들이 그 자리에 앉았지. 이게 무슨 일인지, 내 설명을 듣고 싶은데."

"예."

몬티는 침을 꿀꺽 삼키며 고개를 끄덕였다.

사실 미래의 세계 단위 전쟁을 거친 모 국가와 달리 해군장관 및 공군장관 직은 임명직이며, 문민통제가 중시되었다.

그 덕에 윈스턴 처칠도, 몬티 밀러도 MZ한 젊은 나이에 그 자리에 앉을 수 있었다.

물론 처칠의 경우에는 귀족가 출신으로 상무장관과 내무장관을 무난히 역임했다는 점, 그리고 공군의 영웅 출신으로서 사실상 공군을 만들었다는 점이 강하게 작용했겠지만.

그에 비해 5살이나 어린 서민 출신 몬티가 장관직까지 앉았다는 것은, 그만큼 '마셜 플랜'을 통과시킨 업적이 높게 평가되었다는 뜻일 것이다.

즉, 지금 조지 왕세자의 질문에 요체는.

"독일이 선을 넘고 있습니다."

"으음."

자유당이 최근 돌아가는 형세에 어떻게 대응할 계획이냐는 것.

그리고 그 답을 정확하게 찔러 오는 몬티 밀러의 말에, 조지 왕세자는 가볍게 신음성을 흘렸다.

"최근 지구상에서 일어난 분란은 크게 셋입니다. 북아프리카, 발칸, 그리고…… 중국."

몬티 밀러는 담담하게 서술했다.

우선 북아프리카.

본래 조약에 따라 모로코의 현 지배자는 프랑스였다. 그런데 프랑스는 영국에 가려졌을 뿐, 식민지 관리를 개떡같이 하기로 유명한 나라.

이미 한번 모로코를 통해 프랑스를 긁어 봤던 독일은 다시 한번 그곳에서 어그로를 끌었고, 북아프리카를 자기네 땅으로 인식하는 프랑스가 또 발작하길래 영국은 울며 겨자 먹기로 프랑스를 도와줘야 했다.

둘째는 발칸 반도.

이 북아프리카에서의 소란을 틈타 이탈리아가 리비아 트리폴리와 도데카니사 제도를 강제 점령했고, 국제연맹에서 이에 대해 오스만 제국이 항의하자, 이때 독일은…….

"독일이 이탈리아의 편을 들었지요."

"그랬지."

최근 일어났다가 실패한 쿠데타 사건의 배후에 독일이 있다는 소문이 있었지만— 혹시 그게 정말이었을까. 조지 왕세자는 눈살을 찌푸리며 생각했다.

실제로 어떻게 되었는지는 모르겠지만, 결과적으로 이탈리아는 독일과 다시 친해졌다.

흡사, 비스마르크 체제 시절의 삼국 동맹의 재현.

그리고 이는 영국에 있어서 매우 중요한 일이었다.

대영 제국의 목덜미와 같은 수에즈 운하 위에 독일과 친해진 이탈리아라는 악연이 급부상한 셈이니까.

마지막으로.

"독일은, 국제연맹에서 일본의 '중국 의용군'에 찬성했습니다."

"정말…… 의외의 일이었네."

조지 왕세자는 마치 〈던브링어〉가 완결 났을 때와 비슷한 표정으로 말했다.

빌헬름 2세가 일본의 중국 진출을 용인해? 그 황화론(黃禍論)자가?

마치 사이코패스 흡혈귀 에우로라와 범죄 컨설턴트 모리어티 교수가 손을 잡은 것과 같은 상황이 아닌가.

양쪽 다 빌런이긴 하지만, 서로 상극이라 섞일 수 없다고 생각했던 양극단에 위치한 악의 축이 손을 잡다니.

한숨을 쉰 몬티 밀러는 고개를 저으며 말했다.

"물론 제일 끔찍한 황인들은 일본인이다. 중국과 같은 야만인들은 말할 것도 없다. 하지만, 가장 악덕을 학습한 자들은 다름 아닌 조선인들이다. 그들은 영국의 악덕을 지나치게 잘 학습했다."

"……빌헬름 황제의 말인가?"

"그렇습니다."

심지어 그 이유조차도 어처구니없었다.

황제를 감금한 채 민영환이 총통으로서 모든 전권을 휘두르고 있다는 것이었다.

 즉, 강력한 중앙집권제와 황권을 선호하는 빌헬름 2세에게 있어, 대한의 황제 이형을 감금한 민영환도 민주공화국을 세우겠다는 쑨원도 모두 반역도들이요. 그런 그들에 비하면 차라리 황제를 신격화하고 그 권위를 인정하는 일본인들이 차라리 낫다는 이야기.

 상식적인 두뇌로는 도저히 이해가 되질 않으나.

 "……물론 그것만은 아닐 테지."

 조지 왕세자는, 빌헬름 2세라는 괴팍하고 까다롭기 그지없는 고종사촌 형제의 실체를 알고 있었다.

 분명히 그는 호엔촐레른의 악덕을 한데 모아 놓은 듯한 암군이요, 오만하고 욕심 많은 폭군이다.

 하나 결코 눈치가 없거나, 무능한 군주는 절대 아니다.

 "홍콩, 그리고 나아가 해협 식민지(Straits Settlements)를 노릴 셈인가."

 "그것이 가장 가능성이 높습니다."

 안 좋은데…….

 조지 왕세자는 나직이 신음성을 흘렸다.

 해협 식민지. 어느 미래인은 '엥? 말레이 반도가 아니라?'라고 되물을 만한, 아시아 대륙에서 쭉 뻗은 반도.

 인도양과 태평양을 가르는 관문이자 수에즈 운하에 버금가는 거대한 물동량을 자랑하는 해협이기에, 영국에서도 인도의 안전을 위해 무조건 확보해야 했다.

"일본은 정말로 독일과 손을 잡을까?"

"아직은 불확실하긴 합니다만—."

몬티는 살짝 주저하며 말했다.

서민원 의원으로서는 최대한 객관적이고 정확한 근거를 통해 이야기해야 하지만, 스스로가 그럴 만한 관점을 갖고 있는지 스스로도 알 수 없는 상황이니까.

"괜찮네. 밀러."

그런 몬티에게, 조지 왕세자는 고개를 끄덕이며 말했다.

"애스퀴스 총리가 자네를 해군장관 자리에 앉힌 것은, 아시아에 대한 풍부한 지식도 근거가 될 테지. 솔직히 말해, 나도 해군 출신이지만— 우리나라 사람들은 아시아에 대해 모르는 점이 너무 많아."

"하, 하하. 실로 그렇긴 합니다."

"그래. 물론 지식이 편향된 관점을 가져다줄 수는 있겠지만, 적어도 무지한 상태에서 나아가는 것보단 훨씬 낫지. 그래, 충분히 잘 아는 자네가 보기에 어떻게 생각하지?"

"예, 제가 보기에— 그들은 충분히, 독일과 연합하여 우리와 전쟁할 수 있는 이들입니다."

주저하던 것치고 몬티의 말은 상당히 단호했다.

이런 것까지 닮은 건가…… 조지 왕세자가 다소 엉뚱한 감상을 느꼈지만, 몬티는 천천히 설명했다.

"아니, 그들이 아니더라도 그 자리에 있는 자들이라면,

늦든 이르든 전쟁을 택할 것입니다."

"흠, 어째서인가?"

"우리 영국이 가르쳐 준 것, 그리고 그들이 보고 배운 것이— 오로지 그것뿐이기 때문입니다."

Q. 대영 제국은 어떻게 세계 최강국이 되었는가?

A. 인도를 침략하여 식민지로 착취해서.

Q. 그렇다면 대일본제국이 세계최강국이 되려면 어떻게 해야 하는가?

A. 다른 나라를 침략하여 식민지로 착취한다.

Q. 하지만 예전과 달리 다른 나라를 침략하는 것은 국제법 위반인데, 어떻게 침략하는가?

A. 국제법을 무시한다. 이로써 문제가 해결되었다.

"지극히 쉽고, 간단한 결론입니다."

"……전쟁에서 이기는 게 말이지."

"우리 또한 그랬으니까요."

조지 왕세자는 침통함 반, 안도감 반으로 그런 말을 하는 몬티 밀러에게 대단히 생경한 기분을 느꼈다.

물론 이 내용은 그 역시 한슬로 진에게 꾸준히 들었던 이야기다.

열강들이 식민지를 2등 신민, 3등 신민으로 대우했기에, 그들은 언젠가 저 아일랜드처럼 자주독립을 외칠 수밖에 없다고.

하지만 그것은 어디까지나 한슬로 진이라는 아시아인의, 즉 피해자 쪽에 더 공감할 수밖에 없는 인물의 시각이었다.

반면 몬티와 같은, 조지 자신과 같은 피부색의, 같은 원죄를 짊어진 백인의 입에서 저런 말이 흘러나온다는 것은, 대단히 신선하고.

또한.

"……훌륭하군."

"전하?"

"솔직히 말하면, 한슬의 제자라는 것 외에는 그다지 큰 흥미는 없었는데 말일세. 내가 잘못 생각했군."

대영제국의 왕세자 앞에서 백인의 원죄를 당당히 말할 수 있는 소신.

그것은 결코 누군가에게 배워서 되는 것이 아니라, 타고난 품성에서 나오는 것이다.

"앞으로 자네 개인에 대해서도 큰 기대를 가질 수 있겠어. 어차피 의원 한두 번 하고 말 것 아니지 않나? 총리가 되려면, 흠. 생각보다 멀지 않을 것 같기도 하군."

"과, 과찬이 심하시옵니다. 전하."

"하하. 그새 또 부끄러워하기는."

그래서…….

조지 왕세자는 고개를 끄덕이며 물었다.

"분석도 잘해 왔으니, 대책도 세워 왔겠지?"

"예. 근본적으로 해군을 더 양성하는 것에는 한계가 있습니다. 따라서, 답은 양면 전쟁 자체를 해소시키는 것밖에 없습니다."

몬티는 진지하게 그렇게 말했고, 조지 왕세자는 미간을 가늘게 뜨며 물었다.

"어떻게 말인가?"

"대영 제국의 책임 그 자체를 줄이는 한편, 함께 짊어져 줄 나라를 찾아야 합니다."

책임을 줄인다.

그것이 '식민지의 독립'을 내포하고 있음을, 한슬로 진의 친구인 조지 왕세자가 모르지 않았다.

그리고 또한.

"함께 짊어져 줄 나라라…… 어딜 생각하고 있나."

"예, 기본적으론 미국과 중화민국. 그리고."

몬티는 힘을 주어 말했다.

"조선입니다."

* * *

한편, 대륙 반대편.
대한제국, 한양.
"그러니까, 군함을 매입하라는 말씀이시구려."

"그렇습니다. 통령 각하."

민영환은 매끄러운 한국어로 말하는 상대를 보았다.

스스로를 조지 알렉산더 발라드 해군 준장이라고 소개한 남자는, 그를 카게무샤로 썼던 어느 아시아인을 떠올리며 침을 꿀꺽 삼켰다.

"아시다시피 통령 각하, 저희 영국의 함선은 현재 지구에서 최고의 품질을 자랑합니다. 지금 저희가 제공할 수 있는 것은 대부분 10년 전쯤 취역한 함선들이긴 합니다만—."

"아, 굳이 그쪽은 말씀하시지 않으셔도 되오."

"예?"

"솔직히 누가 감히 마다하겠소. 세계 제일의 해양 국가인 영국의 함선인데."

"하, 하하."

그건 그렇지.

발라드 준장은 천천히 고개를 끄덕였다.

아닌 말로, 없어서 못 사는 게 영국의 군함이니까.

하지만, 하고 민영환은 그가 마시고 있는 커피만큼이나 차가운 목소리로 말했다.

"그 아무도 마다하지 않는 함선을, 굳이 우리 대한에 팔려는 진의가 궁금하구려."

"……하, 하하."

"왜, 일본에 팔지 않고? 그래, 덕의지(德意志)인가?"

……쉽지 않겠구나.

조지 알렉산더 발라드는 침을 꿀꺽 삼켰다.

물론 국제연맹에도 한국 대표단이 가 있으니, 국제정세를 읽어 내는 것 자체는 어렵지 않을 것이다.

그러니까 그럴 만한 능력과 의지가 있다면.

"내 보아하니, 그대들이 원하는 바는 우리 대한이 지불할 돈이 아니군. 오히려 우리가 돈을 받고 그 군함들을 운용해 줘야 하는 게 아닌가."

"어느 정도는, 그러합니다."

조지 알렉산더 발라드는 고개를 끄덕였다.

영국이 바라는 바는 단 하나.

중국 산동 반도를 거점으로 삼고 있는 독일과 일본의 연계를 끊어 내는 것.

그리고 홍콩의 이스라엘과 연계하여, 일본이 서태평양에서 나오지 못하도록 잡아 두는 것.

그렇게 힘의 균형이 이뤄지도록 지탱하는 것. 이것은 어떻게 보면, 유럽에서 영국이 언제나 추구하던 것이었다.

그것을 듣고 민영환은 천천히 물었다.

"하면, 필히 이들은 애초에 그대들이 쓰기 위해 만든 것이 아니겠군."

용케도 거기까지 알았군.

그는 겉으로는 포커페이스를 유지하면서도 내심 침을 꿀꺽 삼켰다.

이렇게 된 이상 숨기는 것은 도리어 상대의 기분을 해칠 뿐이다.

"……그렇습니다."

"일본이오?"

"!!"

그 말에 발라드는 더 이상 얼굴을 숨길 수가 없었다.

깊은 한숨을 토한 그는 고개를 절레절레 저으며 말했다.

"도저히 당해 낼 수가 없군요. 예, 그렇습니다. 본래 저들은 러시아의 야욕을 막아 내기 위해 일본에 제공될 함선들이었습니다만, 아시다시피—."

"러시아가 쇄국(鎖國)했지. 과연, 그래서 그럴 필요가 없어졌군."

"예, 일본에서도 대금을 내지 못해 수령을 포기했습니다. 아, 그렇다고 절대 성능이 떨어지는 전함들은 결코 아닙니다! 건조 시점에서 성능이 저희 해군이 보유한 기존함보다도 훌륭합니다. 의회에서 논란이 되었을 정도지요. 드레드노트급(Dreadnought—class battleship)이 나온 지금도 결코 성능상 떨어지지 않는 전함들입니다."

물론 이 때문에 결국 조선소가 파산 위기에 직면했고, 영국 의회에서 분할 납부를 통해 어떻게든 막고 있었긴 했지만, 이건 뭐 사소한 찐빠에 불과하다. 그 이야기를 들은 민영환 또한 그 얼음장 같은 표정을 가볍게 폈다.

저 남자도 웃음이라는 게 있었나?

그렇게 소소한 충격을 받는 발라드 준장에게 민영환이 커피 찻잔을 내려놓으며 말했다.

"발라드 준장이라고 하셨던가."

"예. 그렇습니다."

"미주에서 진한솔 경을 수행했던 이라고 들었소만. 맞소?"

"하…… 하하. 예…… 에."

썩 유쾌하지만은 않았던 기억에, 조지 알렉산더 발라드는 식은땀을 흘리며 고개를 끄덕였다.

갑자기 떠맡은 '한슬로 진의 정체'라는 유언비어 때문에 얼마나 많은 기자들과 팬보이들에게 쫓겨 다녀야 했던가.

그나마 조지 왕세자의 호위로 들어가며 어느 정도 벗어날 수 있었지만, 해군 자체가 그렇게 널널하게 인재를 붙박이로 잡아 두는 곳이 아니고, 가족에게조차 오해받는 것을 도저히 참지 못해 온 곳이 이 아시아 방면이었다.

뭐, 덕분에 그가 주 덱으로 쓰는, '이곳이 이순신의 나라입니까?!'라는 감격과 함께 그토록 오고 싶었던 조선에도 올 수 있었지만.

아무튼.

"그렇다면 말해도 되겠지. 미주 공사 이상재로부터, 진한솔 경이 우리 대한에 기대하는 바를 전해 들은 적이 있소."

국제사회가 중국에 들어갈 수 있는 첫 번째 문턱.

중국과 일본을 견제하는 균형추.

"그 상대가 조금 달라지긴 했지만, 확실히 영길리에서 우리에게 바라는 바도 크게 다르지 않은 모양이군."

"그, 말씀은."

"본래, 우리 대한은……"

민영환은 잠시 커피잔을 내려놓고, 짧은 머리를 들어 하늘을 보았다.

"역할이라는 게 있는지도 알 수 없었소."

"……각하."

"아무리 사치스럽고 탐욕스럽다고 하나, 일국의 국모를 시해당하고도 아무 말 하지 못하는…… 그저 언제 잡아먹힐지 몰라 전전긍긍하는 나라."

그것이 500년 종묘사직을 이어 온, 조선이라는 나라의 말로였다.

"주상이 대군주니, 대한제국이니. 헛된 발버둥을 쳐 보려고 안간힘을 쓴 것도 이해가 가더이다. 앞날은 보이지 않고 발밑은 언제 무너질지 모르니 짐짓 허세라도 부려 보고 싶었겠지."

"지금은…… 다르잖습니까."

"그렇지."

민영환이 고개를 내렸다.

그 눈은 냉엄하면서도, 달리는 열차와 같은 열화를 품

고 있었다.

"진한솔 경 덕에, 우리 대한이 나아갈 길이 바로 보이오. 해야 할 역할을 얻었지."

누군가는 이를 다른 나라가 시키는 대로 움직이는 수동적인 것이라 비난할 수 있다.

하지만 민영환은 알 수 있었다. 이 지구상에서 이 '역할'에서 벗어나 자유로이 움직일 수 있는 나라는 단 하나뿐이다.

아니, '세계'에 단 하나뿐일 것이다.

그것은 과거에는 청이었고, 더 이전에는 명이었으며, 더 이전에는 원나라였을 것이나, 지금은 영국이다.

"그 영길리가 우리를 필요로 한다면, 얼마든지 따라가야지. 우리 대한은 불구대천의 원수인 청에게서도 살아남아 본 나라요."

"아……!"

"대금은 걱정하지 마시오. 얼마 전에 간도에서 새로 금광도 발견됐고…… 흠, 오랜만에 내탕금도 좀 털어 봐야겠군."

그때였다. 짓궂게 웃어 보이는 민영환의 목소리 뒤로, 먼 곳에서 무언가가 울부짖는 소리가 들렸다.

〈─────────!!〉

고성 같기도 하고, 울분에 우짖는 것 같기도 한…… 사람보다는 짐승에 가까운 뒤틀린 울음소리.

도저히 무시하고 지나칠 수 없는 그 소리에, 발라드 준장은 문득 고개를 들어 물었다.

"저, 저건!?"

"저런."

그러나 민영환은 그저 '어디서 닭이 우나'라는 표정일 뿐. 커피를 들어 올려 입가로 가져가는 그의 모습에는, 이 괴성이 일상처럼 느껴지는 듯했다.

"별거 아니오."

"벼, 별게 아니라니요. 저것은……."

"약 먹을 시간이 지난 듯하군. 궁녀들은 뭘하는 건지 원."

약이라니…….

발라드는 경악하여 그를 다시 보았다.

'그러고 보니.'

아무리 한슬로 진을 많이 보았다고 하더라도, 그는 아직 많은 조선인을 눈에 익히지 않았다.

하여, 아무리 눈앞의 민영환이 '나이 들고 표정이 닮지 않은 한슬로 진'을 연상시키더라도 그것은 아시아인들이 대부분 비슷하게 보이는 탓이라 생각했다.

하지만 아니었다.

얼굴이 문제가 아니다. 당연히 얼굴은 전혀 다르게 생겼다.

그렇다면 무엇이 닮은 것인가.

눈앞의 민영환과 런던에 있을 한슬로 진. 두 한국인은

— 거의 유이하게 발라드의 고향. 영국에 상당히 녹아든 모양새를 보이고 있었다.

그리고 영국의 해군 장교이자 아시아 전문가로서, 발라드 준장은 그가 임관하기도 전의 일이지만 영국이 아시아에서 제일 크게 벌인 전쟁이 무엇인지도 잘 기억하고 있었다.

'……설마.'

그러고 보니, 고려인삼이 대단히 잘 팔렸다고 하던데 그 이유가 바로…….

"그건 그렇고."

발라드 준장의 상념을 끊으며 민영환은 담담히 물었다.

"군함만을 산다고 해서, 우리가 그것을 운용할 수 있을 리가 없을 텐데 말이오."

"아, 예."

쓸데없는 생각이겠지.

찜찜함을 털어 버린 발라드는 고개를 끄덕이며 민영환에게 말했다.

"저를 비롯해 해군 고문단 또한 한국에 머물며 저희 전함에 익숙해질 수 있도록 현지 군관 분들을 도와드릴 생각입니다."

"알겠소. 그러잖아도 소개할 사람이 있었소."

"통령 각하. 소장 이규풍(李奎豊)입니다."

"드시게."

고개를 돌리자, 발라드 준장은 나이를 감히 짐작하기 힘든. 그나마 그럭저럭 장년의 나이 정도로는 짐작할 수 있을 법한 군인을 볼 수 있었다.

이 조선에서도 드문, 영국식 해군 정복을 입은 것으로 보아.

"소개하겠소. 통영에 세우고 있는 해군사관학교의 교장으로 부임할 이요. 충무공의 10대손으로, 조정에서도 크게 기대하고 있는……."

"추, 충무공의 후손이란 말씀이십니까?!"

이번엔 민영환이 놀랄 차례였다.

발라드는 콧김을 팽팽 불며, 자신에게 기겁을 하고 있는 이규풍의 손을 마치 낚아채듯 잡으며 말했다.

"처음, 처음 뵙겠습니다! 저는 조지 알렉산더 발라드! 충무공 각하의 위명에 크게 감명을 받은 사람입니다!!"

"그, 그렇습니까?"

"예! 혹시, 전해 듣기만 한 것입니다만 그분의 일기가……!"

"처, 천천히 말씀해 주십시오!!"

이규풍을 잡고 대흥분 하는 발라드 준장의 모습에 민영환은 얼떨떨해하면서도 슬며시 미소를 지었다.

'그래, 외국에서도 충무공 정도의 위명이면 충분히 먹히는가.'

그렇다면— 민영환은 슬쩍, 발라드가 참고하라며 넘겨

줬던 전함들의 제원을 적은 일종의 카탈로그를 슬슬 넘겼다.

전함들의 정확한 명칭이나 스펙에 대해선, 아무래도 아직 좀 더 실감이 드러나지 않기는 하지만— 적어도 숫자 정도는 읽을 수 있다.

그리고.

'저들은 위압적인 이름을 붙여, 함의 위엄을 뽐낸다지.'

그렇다면 마땅히— 그 이름밖에 없지 않은가.

민영환은 고개를 끄덕이며 그 이름을 새로이 붙였다.

그렇게, 원 역사의 전드레드노트급(Pre—dreadnought battleship), 시키시마(敷島)급 네 척은, 먼 미래에서 불어온 나비의 날갯짓에 의해 '충무공급 전함'의 이름을 얻게 되었다.

* * *

그리고 한편.

눈앞의 먹이나 다름없다고 여기고 있는 조선 땅에서 이 모든 일이 벌어지고 있다는 것을 모를 리 없는 이들.

일본제국의 곳곳에서도 입에서 불을 토했다.

"그래서 우리가 사지 못했던 군함들이 지금 조선에 들어가고 있다고!?"

"역시 그때 무리하더라도 사와야 했어!! 횡령을 해서라도 어떻게든 우리 황국의 해군이 가져와야 했다고!!"

"하지만, 그랬다간 우린 진즉에 파산했을 터인데……."

"파산이 문젠가, 따서 갚으면 되지! 그전에 사할린이든, 만주든, 복건이든! 그도 아니면 조선이든!! 쳐들어가서 다 잡아먹으면 해결되는 일 아니었나!! 이게 다 너희 관료파 놈들이 사사건건 훼방을 놓았기 때문이야!!"

차가운 평화 속에 이렇게 말라 죽을 수는 없다.

근대화를 통해 강병(强兵)은 이루었을지 몰라도, 그게 부국(富國)에 다다르기에는 그저 하루하루 빚 갚을 날만 기다리는 채무자일 뿐.

"아무리 신주(神州)가 아마테라스께서 돌보시는 땅이라지만, 여기서 말라죽을 수도 없는 노릇 아닌가."

"그렇다면―."

"답은 하나야."

관료파의 수장인 이토 히로부미와 군부파의 수장인 야마가타 아리토모가 눈을 마주쳤다.

"독일과 손을 잡는다."

* * *

기실, 일본의 군부파와 관료파가 동시에 죽는 소리를 내며 '차가운 평화'를 운운하고 10+a년의 역사를 잃어버릴 것처럼 굴고는 있지만, 객관적으로 보아 1911년의 일본의 상황은 그렇게까지 나쁘지 않았다.

모든 것에는 이면이 있는 법.

러일전쟁으로 '국뽕'과 조선 정복 등등의 이벤트가 사라지기는 했지만, 대신 그 전쟁이 불러왔을 후폭풍인 거대한 경제적 위기도 오지 않았다.

지금 일본의 시장경제는 무려, '차가운 평화' 아래 '호황'을 맞고 있었다!

기본적으로 메이지 유신을 통해 꾸준히 투자한 의무 교육 제도는 성과를 내고 있었고.

양질의 인재들이 관직뿐 아니라 미쓰비시(三菱), 스미토모(住友), 미쓰이(三井) 등 근대적 회사에 입사해 '중산층'을 이루었다.

내수뿐 아니라 수출 시장 역시 다른 동아시아 나라들 근대 자본주의를 빠르게 받아들인 덕에, 함께 상승하는 효과를 보였다.

대표적으로 꽉 막혀 있던 전제국가 청나라와 달리, 새로이 건설된 중화민국은 정부 투자에는 난색을 보였을지언정 수출입 자체에는 관대했다.

"그러니까 관세를 높일지언정 자유무역을 열어 달라?"

"그렇습니다. 저희 유대인들이 제일 잘하는 게 돈 만지는 것 아니겠습니까?"

"그건 세파르딤(스페인 등 서유럽계 유대인) 얘기 아니오? 당신들 아슈케나짐(독일 등 동유럽계 유대인)들은 대부분은 동유럽에서 왔으면서."

"크흠! 아무튼 저희에게 맡기시면, 결코 중화민국의 백성들이 이전과 같은 도탄에 휘말리는 일은 없도록 잘 단속하겠습니다."

"흐음…… 뭐. 좋소."

쑨원의 허가 아래 홍콩―이스라엘의 숙련된 무역상들에 의해 남중국의 거대한 시장이 열렸고, 그 거대한 시장에서 값싼 식량과 쌀들이 우수수 쏟아져 나왔으며.

"산업의 쌀은 역시 강철입니다. 각하, 제게 전권만 주신다면 저희 엘리엇 사의 철강회사와 호스킨스의 조선소를……!"

"닥치고 이 돈이나 가져가시오."

"허어억!! 이렇게나 많이!?"

"황제의 내탕금이요. 사치한 걸 내다 파니 이렇게나 많이 나오더군."

대한제국에서는 민영환의 강력한 산업화 의지와 중공업에서 잔뼈가 굵은 네빌 체임벌린이 남기고 간 거대한 쇳물이 빠르게 도시화를 이루었다.

"하면, 우리 회사 상품을 직수입하고 소매(小賣)하게 해 달라는 말이구려."

"그렇습니다. 어차피 포장지 같이니 뭐니, 미쓰이 상사도 귀찮으실 거 아닙니까? 이 이목승이가 잘 팔아드리겠습니다."

"흠흠, 그건 그렇지. 좋소! 이 상, 앞으로 잘해 봅시다!"

매출도 늘어난다.

수익도 늘어난다.

사업도 확장되고 있다.

일본의 무역상들은 '다 해줬잖아' 수준의 경제 정상화에 일본 경제(와 자신들의 지갑)가 건강해짐을 느꼈다.

"……이거, 이러면."

"굳이, 중원이나 조선에 총칼 들고 갈 이유가 있나?"

그리고 그에 비례해 정한론(征韓論)과 중국 식민지화에 대한 회의감도 비례해서 치솟았다.

지극히 당연한 이야기지만, 상인들이 전쟁을 원하는 것은 그것이 블랙홀과 같은 거대한 수요이기 때문이다.

바꿔 말하면, 그만한 수요와 이득이 없는 이상 굳이 전쟁을 원하는 자는 없다.

그것도 바로 저들 앞마당에서라면 더더욱 말이다.

"솔직히 말해봅시다. 우린 그냥 돈만 벌면 되잖소? 집에서 그냥 소설이나 읽으면 되는데?"

"뭐, 전쟁 터지면 우리나 첫째야 어떻게 뺀다 쳐도, 둘째부터는 군대 보내야겠지? 젠장, 그 고사리 같은 손에 무슨 총을 쥐여 주라고!"

"그뿐인가. 〈빈센트 빌리어스〉에서도 그랬잖는가? 괜히 전쟁 나면 쓸데없이 노동력이나 빠진다고. 간신히 우리 공장에 숙련공들 만들어 줬는데, 만약 전쟁터에서 상

해군장관 몬티 밀러 〈43〉

해라도 입어 오면? 내 손해는 나라에서 채워 주나?"

"채워 주긴. 돈도 안 주지, 보상도 안 주지…… 〈턴브 링어〉에서도 쓸데없이 싸우는 거에 중독된 귀환병 놈들, 정신병 걸려서 미쳐 날뛰기나 하던데?"

동서고금 상인들이란 나라가 망하는 게 더 손해가 아닌 이상 자기 지갑이 더 무거운 이들.

그들은 이 꾸준한 호황에서 굳이 또 다른 전쟁이 터지는 걸 원하지 않았다.

괜히 난민들 밀려 들어왔다가 치안만 개판 나게?

안 그래도 요즘 야쿠자들까지 극성인데, 여기서 더 악화되는 것을 바랄 리 없었다.

그리고 이는 자연스럽게 일본 경제계의 후원 방향이 바뀌는 결과를 낳았다.

"근데 군바리 놈들은 또 뭔 전쟁을 내고 싶다고 또 후원해 달래. 쯔쯧, 슬슬 후원금도 끊어야겠어."

"아니, 애초에 군바리들이 필요한가? 웬만한 분란은 국제연맹에서 처리하겠다, 군대 없어도 되잖아? 차라리 그 돈으로 우리 해외 진출하는 데 로비나 해 줬음 좋겠네."

"흠흠, 그러면 말이야. 요즘 재밌는 얘기를 하는 놈들이 있던데 들어 보겠나?"

"설마, 고토쿠 슈스이인가 하는 미치광이는 아니겠지?"

"그놈은 빨갱이잖나. 일단, 미노베 마사키치(美濃部達吉)라는 놈이 있는데—."

이에 비례해서 본래 세계 1차대전 이후에나 일어났어야 할 '민주주의 요구 운동'.

즉, 다이쇼 데모크라시가 원 역사보다 더욱 빠르게 발생했다.

"전근대적 봉건을 끝내겠다는 나카야마…… 아니, 쑨원은 기어코 중원의 절반을 계몽시켰다. 어찌하여 우리는 이를 제대로 요구하지 못하는가?"

"우리가 표를 모아서 중의원(衆議院 : 일본 국회 하원)에 의원들을 보내면 뭐 하나? 그래 봐야 결국 참의원(參議院 : 일본 국회 상원) 귀족 놈들한테 다 틀어막히는데!! 야, 조슈 촌놈들이 언제부터 후작이니 공작이니 했다고 민의(民意)를 무시하냐!"

"국가가 통치의 주체이고, 천황은 하나의 국가 기관에 불과하다!"

"보라. 지금 천하에는 영원한 이상이 없고 다만 눈앞의 육욕이 있을 뿐이다. 시시비비를 보지 않고 이해득실을 볼 뿐이다. 도의를 보지 않고 금전을 볼 뿐이다! 사해 만민이 동포요, 혁명의 동지다! 샌프란시스코 대지진에서 모두를 도운 조선인들을 배우자! 쑨원이 그러했듯, 우리도 혁명의 길을 향해 나아가자!!"

"저, 저 미친 역도 놈들이?!"

당연하지만 메이지 유신의 주역, 관료파와 군벌파는 이런 요구에 어이가 없었다.

쑨원? 그 빨갱이는 그저 중국을 쪼개기 위한 쐐기에 불과한 놈 아닌가? 그런 놈에게 심취하는 일본인이 이렇게나 많았다고?

아니, 그 전에 저 혁명 운운하는 놈들 전부 고토쿠 슈스이 같은 빨갱이들 아닌가? 어쩌다 저런 놈들이 일본을 오염시키고 있었단 말인가!

"이토!! 네놈, 어찌할 셈이냐!! 저거, 다 너희 문관 놈들이잖아!!"

"말도 안 되는 소리!! 지게 어찌 내 책임이란 말이냐!! 우리 관료들은 충성스러운 천황 폐하의 신하들일 뿐이야!! 저런 역도 놈들이 아니라고!!"

언제나처럼 양 파벌의 수장들은 고성을 높였다.

이 역시 어느 미래인의 영향이었다.

원 역사에서는 몰락했어야 할 관료파가, 정권을 잡아야 할 군부파와 균형을 맞추고 있었으니까.

물론, 말이 좋아 균형이지 실제로 보는 입장에서는 예송논쟁이 왜 문명의 극치요 선진적인 토론문화였는지 알 수 있을 정도로 혼돈의 카오스였다.

다만 이 역시 결국 원로들의 욕심에서 비롯된 것. 어느 정도 방향만 맞는다면 그들은 과거 유신을 일으킬 때처럼 머리를 맞대고 대안을 짜낼 수 있었다.

"후우, 진정 좀 하지."

"그래, 이를 해결할 방안은 있나?"

"일단, 상인 놈들은 없는 걸 짜내서라도 발주를 하고."

이미 그들의 산업 능력은 건함(建艦)이 가능할 정도까지 올라와 있었다.

소위 영국에서 말하는 '드레드노트급'까지는 아니더라도, 순양함 정도라면 가능하니, 그것을 발주한다고 하면 경제계에서도 군말을 줄일 터.

빚이 늘어나는 거야…… 어차피 지금도 빚쟁이 신세인데, 더 늘인다고 무에 문제겠는가.

"그보다 본질적인 게 필요하오. 영국은 이를 어찌 해결했지?"

"인도를 정복해서."

"결국 저놈들의 눈을 돌리려면, 단 하나뿐이오."

"외환(外患)."

그들은 권력도 위신도.

아무것도 포기하고 싶지 않았다.

"독일과 손을 잡고, 조선과 중국을 정복한다."

"그 이기리스를 거스르는 게야. 고작 그 정도로 되겠나?"

"설마하니, 그 영국이 중국 좀 먹는다고 우리랑 전쟁을 하겠나?"

그리고 만약 전쟁을 한다고 해도 설마 유럽의 뒤통수에 독일이 있다면 유럽의 함대를 극동에 가져오진 못할 터.

그렇게 영국을 가라앉히고, 전쟁을 승리로 이끌 수 있다면—

"―인도."
"……설마."
"설마, 겠지만……."
그들은 아직 '세계 대전'이란 단어를 모른다.
하지만 그들은 배가 고팠다.
0이었던 것이 소수점 밑바닥이나마 '가능성'이 생기자, 그 허기는 도저히 참을 수 없을 정도로 커졌다.
'만약.'
'정말로 인도를 얻을 수 있다면.'
세계의 그 누구도 원하지 않았던 길로 산업화와 근대화의 주역들은 스스로 걸어 들어갔다.

* * *

독일, 베를린.
"결국 이리됐는가. 쯧."
독일의 황제, 빌헬름 2세는 혀를 차며 외무부의 보고를 내팽개쳤다.
본래 저것은 저렇게 취급될 만한 문서는 확실히 아니다.
오스만의 친독 쿠데타조차 실패한 '외교 왕따' 독일이, 겨우내 구한 외부의 동맹이니까.
오스트리아? 그건 한집안 식구에 가깝다.
이탈리아? 거기는 아직도 간을 보는 중이고.

그러니 경사라면 경사였다. 어느 정도였냐면 외무부에서도 책임자들의 인센티브를 높여 주며 자축했다고 할 정도. 하지만— 빌헬름 2세, 유럽 황화론의 주창자는 여전히 불편했다.

아무리 영국을 이기기 위해서라지만 저 야만적인 황인들과 손을 잡는다는 것이 영 맘에 들지 않았으니까.

"정말 이게 최선인가, 수상?"

"그러하옵니다. 폐하."

그렇게 까다로운 황제의 말에 답하는 수상은 그의 입속의 혀와 같은 베른하르트 폰 뷜로——가 아니었다.

독일제국 제5대 수상, 테오발트 폰 베트만홀베크(Theobald von Bethmann-Hollweg)는 특유의 음울하고 비관적인 어투로 말했다.

"전대 뷜로 수상이 추진한 것이옵니다만, 지금 영국에 맞서 우리 독일의 편을 들어줄 나라는 일본뿐입니다."

"쯧, 뷜로, 뷜로…… 그 말만 잘하는 머저리가 추진한 거라니 더 맘에 안 드는데."

빌헬름 2세가 중얼거렸다.

물론 뷜로는 말만 잘하는 인물이 아니었다. 오히려 그가 사임한 것에는 빌헬름 2세의 실언들이 더 문제였다.

아니, 대놓고 영국에 적대하는 정책을 펼치고 그들의 어그로를 끌면서 '난 사실 영국이 좋아' 같은 인터뷰를 하면 독일인들이 뭐가 되겠는가.

해군장관 몬티 밀러 〈49〉

하지만 빌헬름 2세는 모름지기 '네 공적은 내 것, 내 잘못은 네 것'을 실행하는 극한의 퉁퉁이형 황제.

당연히 황제의 잘못은 그를 잘못 보필한 수상의 잘못이요, 따라서 모두 뷜로 잘못이다. 아무튼 그렇다.

그래서였을까? 사임하고 나가는 뷜로의 얼굴에서 해방감이 그득한 웃음이 잔뜩 걸려 있었다는 도시 전설이 있었지만, 베트만홀베크는 전설 따위는 믿지 않는 사람이었다.

"어차피 일본은 그저 동남아시아와 인도 식민지를 위협해 줄 수단에 불과하옵니다."

베트만홀베크는 비관주의자다.

하지만 동시에 19세기인이란 것은 여전했다.

그 역시도 '세계전쟁'이란 흉참한 단어는 전혀 생각하지 못하고, 이성적으로 말했다.

"영국이 양면 전쟁을 택할 정도로 어리석지는 않을 터. 지난번 모로코에서는 우리가 포기해 줬으니, 그들 또한 다음에는 무엇 하나를 포기하여야겠지요. 그것이 대영제국의 책임입니다."

"그래, 그렇겠지?"

빌헬름 2세가 희망을 담아 말했다.

공허하고, 아무도 듣지 않는 희망이었다.

2장
다크 논픽션 속 혜성국

다크 논픽션 속 혐성국

"……라는 게 현 상황인데."

무슨 대책 없어?

몬티가 그리 천연덕스럽게 물었다. 이에 나는 어이가 없다는 눈으로 아기의 입에 젖병을 물려 주며 말했다.

"지금 그게 애 앞에서 할 말이냐? 다른 집 애도 아니고 네 애인데."

"뭘 새삼스럽게. 나나 매지 어렸을 때부터 별별 심각한 얘기 다 했잖아."

이놈이 잘 먹고 잘 컸으면서 따박따박 말만 잘해요.

나는 깊은 한숨을 쉬며 몬티 옆 침대에 앉듯이 누운 미녀이자 산모(産母), 마리아 밀러(前 빌리어스) 부인에게 말했다.

"죄송합니다, 제수씨. 이놈이 비싼 밥 먹고 실없는 소리를 하네요."

"후후, 아네요. 보기 좋은 걸요, 뭘."

……좋다고? 지금 이게 산후 조리 중인 산모 앞에서 하는 말인데?

하여간 역시 먼저 몬티한테 대시했다는 사람답다.

―"당신이 몬티 밀러 하원의원님이죠? 혹시 빌리어스 가문의 권세와 인맥, 안 필요하신가요?"

몸쪽 꽉 찬 직구에 몬티도 정신을 못 차렸댔나? 물론 몬티 입장에서도 던세이니 남작이 아일랜드 쪽으로 옮기면서 런던 쪽 새 인맥이 필요하긴 했으니 원원이었다지만.

게다가.

―"그런데, 괜찮겠어요? 실은, 저희 집 집사인 그 동양인 진한솔이 바로……."

―"세상에 〈빈센트 빌리어스〉 쓰신 그분이라고요? 팬이에요!! 저, 실은 그거 보고 결혼 결심한 거예요!"

―"……예?"

비록 방계의 방계일 정도로 멀긴 하지만 기왕 빌리어

스로 태어났으니 빈센티아(Vincentia : 빈센트의 여성형 변형) 빌리어스가 되어 보고 싶다.

그런 야망으로 한창 자유당에서 주가를 올리는 서민 출신 몬티 밀러 의원 주식을 풀 매수(몸으로)해 버린, 야망 넘치는 아가씨가 바로 마리아 빌리어스였던 것이다……

으음. 무섭다, 무서워.

뭐, 대를 이어야 하는 몬티이니 언젠가 결혼은 해야 할 거고, 결혼하면 내 정체도 밝혀야 하는데, 마리아 밀러 부인 정도면 오히려 이쪽에서 바라 마지 않았을 정도로 훌륭한 사람이니 오히려 대박 터졌다고 봐야지.

대박이긴 한데…… 몬티가 꽉 잡혀 살 것 같기도 하고…….

"한슬? 무슨 생각해?"

"음, 아냐."

애나 받아라.

나는 트림을 하는 아기를 몬티에게 돌려주었다. 밥은 다 줬으니까 네가 들고 있어, 인마.

"그리고 지금 이 상황은 나도 답이 없어. 내가 무슨 예언자도 아니고 독일과 일본이 손을 잡을 줄 어떻게 아냐."

"흐음, 진짜야?"

저, 저 불신의 흉참한 눈 좀 보소.

그런 눈은 조지 왕세자 전하나 뜰 수 있는 거지 너 같은 녀석이 뜰 수 있는 게 아냐, 인마.

아니, 그리고 솔직히. 내가 낙지스껌과 쪽바리 동맹이 세계 1차 대전에서 일어날 줄 어떻게 알았냐?

이탈리아는 거기 안 낀대? 그거만 끼면 딱 추축국 트리오 메타인데.

"독일에서는 어떻게 판단하고 있는지 모르겠지만, 이탈리아는 낄 가능성이 약하다고 생각되고 있어. 아무래도 빌헬름 2세가 입만 열면 게르만, 게르만 거리는 걸로 유명하잖아? 라틴 쪽인 이탈리아 입장에선 별로 기분이 안 좋겠지."

"그러냐? 하긴, 바나나 마카로니를 묶은 건 파시즘이었으니……."

"국제 정세 얘기하는 데 웬 샐러드 얘기야? 근데 그런 레시피가 있던가?"

"……그런 게 있어."

아무튼, 하고 나는 팔짱을 꼈다.

솔직히 말해 내가 자세히 아는 건 세계 2차 대전이지, 1차 대전은 아니다.

게다가 1차 대전이라는 건 뭐랄까…… 아시아에서는 별로 안 중요해서 '유럽 내전' 같은 느낌이잖아? 그런 것도 세계 대전이면 7년 전쟁도 세계 대전이지.

그나마 내가 아는 거라면 외교 구도 돌아간 거랑 팔 병신 빌헬름의 욕망, 3배 빠른 빨간 비행기의 전설적인 항공기 사전, 제정 러시아의 붕괴와 소비에트의 등장, 그리고—.

"……사라예보?"

"거긴 또 어디야?"

모르나? 하긴 나도 이게 보스니아인지 세르비아인지 어딘지 헷갈린다.

그냥 대충 오스트리아 황태자 부부가 총 맞았을 뿐인데 이게 스노우볼이 굴러서 세계 1차대전으로 발전했다니까 아는 거지.

"그러고 보니 지금 터진 곳이 모로코, 발칸, 중국이랬나?"

"응. 중국 쪽은 점점 관심이 떨어지고 있지만."

"모로코는 내가 잘 모르고, 그러면 발칸만 남는데……."

역시 원 역사대로 흘러가는 건가?

하지만 내가 알기로 발칸 반도의 황태자 암살이 세계 1차 대전으로 비화된 건, 결국 러시아의 범슬라브주의와 오스트리아—헝가리의 범게르만주의가 충돌한 결과라고 알고 있다.

하지만 러시아는 지금 톨스토이 영감님이 잘 관리하고 계시다.

원 역사와 달리 모스크바에서 바쁜 대신 호의호식하고 계셔서인가, 폐렴 생기는 일 없이 잘 지내시는 것 같고.

그러니 별일 없을 텐데—.

"실은, 별일이 있을 것도 같아."
"뭐? 또 왜?"
"거 왜, 올림픽 때 크게 터진 거 하나 있잖아."
"아, 퉁구스카 운석 대폭발?"

시베리아 한복판에 터진 그거다.

근데, 그게 별문제가 있나?

물론 이 세계 선이 나라는 시간 표류자 하나 때문에 뭔가 뒤틀리고 있는 건 알겠는데, 난 그저 작가지 마술사나 암살자가 아니니까 말이다.

내가 레이시프트를 한 것도 아니니, 갑자기 그 사건이 좀비 사태나 인종 변생 같은 것을 하면서 차원의 벽을 넘을 거 같진 않단 말이지.

그랬다간 진짜 장르가 바뀌 버리는 거니까 말이다.

"멀지 않은 곳에서 대규모 농장을 하고 있었대."
"어?"

이건 또 뭔 소리야.

몬티의 설명에 의하면 러시아의 내실 다지기 사업은 주로 시베리아에 대한 초광역 철도 사업, 그리고 대규모 자영농 지원으로 이루어졌다.

운석이 떨어진 퉁구스카 일대 역시 원래 있었던 마을인 '니주네 카렐린스크'라는 마을을 중심으로 대규모 농장사업을 하고 있었고, 철도역도 신설되고 있었는데— 그게 통째로 날아갔단다.

"그래도 교통의 요지도 아니었고, 시베리아 내에서 그렇게까지 중요한 지역은 아니어서 인명 피해 보다는 재산 피해가 많긴 한데…… 그렇다고 해서 없는 수준도 아니라서 내무장관이 또 갈려 나갔다고 하더라고."

"돌겠네……."

아니, 좀 잘 풀린다 싶더니만 또 거기서 어그러지나? 아니면 뭔가 러시아는 진짜 뭔가 망조의 나라인 건가? 톨스토이 영감님은 괜찮으시고?

"그나마 새 내무장관, 스톨리핀(Pyotr Stolypin)이랬나? 그 양반이 비교적 잘하고 있다니까…… 그쪽을 믿는 수밖에 없지 않겠어?"

그건 또 누구야? 아무튼 솔직히 누구든 상관없으니까 톨스토이 영감님만 좀 무시하시면 좋겠네.

그 양반 일한다고 글 하나도 안 쓰고 계셨단 말이다. 부활(Voskreseniye)도, 하지무라트(Khadji—Murat)도 없다니. 끔찍한 일이다. 정말…….

"아무튼 러시아는 만약 전쟁이 터지더라도 밖으로 나올 기력이 없을 거란 얘기네."

"아마도 그렇지 않을까?"

그렇다면 발칸도 아닌가?

나는 눈살을 찌푸리고 한숨을 내쉬었다.

확실히 세계 1차대전으로 치닫는 위험신호는 시시각각 울리는데, 지금 내가 할 수 있는 게 거의 없다는 게 참 슬프다.

그렇다고 인제 와서 밀러 가족 다 챙겨서 미국으로 튄다는 방법이 통할 리도 없고.

"진짜 문제는, 지금 사람들 분위기예요."

옆에서 제수씨, 마리아 밀러 부인이 말했다.

때로는 몬티보다 더 냉철한 눈을 빛내는, 방계나마 정통 귀족 영애 출신인 그녀는 담담하게 말했다.

"영국 사교계는 평화에 찌들어 있어요. 이제까지 모든 전쟁을 강대국 간의 조율로 회피해 왔으니, 이번에도 어떻게든 되겠지—라는 분위기죠. 여보, 당신한테는 미안하지만. 당신이나 처칠 의원이 해군장관과 공군장관에 앉은 것도 비슷할 거예요. 전쟁할 일도 없을 테니 애송이들을 앉혀 둬도 상관없겠다는 거죠."

"……당신은 전쟁을 해야 한다는 입장인 거야?"

"그야, 그래야 해군장관인 우리 남편이 전쟁 영웅이 되지 않겠어요?"

야심만만하기 그지없는 부인의 말에 몬티가 슬쩍 떠는 사이, 나는 팔짱을 끼고 고개를 끄덕였다.

확실히, '미쳤다고 전쟁을 하겠냐'라는 분위기면 어쩔 수 없겠네.

"그러면 그 경각심을 조금이라도 깨 줘야 하나."

"뭔가 방법 있어?"

"흐음……."

나는 턱을 긁으면서 중얼거렸다.

그러고 보니, 마침.

"내가 생각해 두긴 했는데, 어떻게 될지 몰라서 묵혀 둔 장르가 하나 있어."

"응? 어떤 건데?"

이러니저러니 해도 몬티는 몬티다. 새 이야기라는 말에 아내랑 같이 눈을 초롱초롱 빛내니, 어렸을 때 매지랑 저랬던 기억이 나서 새삼 추억이 돋네.

"응, 그러니까—."

나는 천천히 시작했다.

미친 달의 이야기를.

* * *

까악— 까악— 까악—

짙게 깔린 땅거미 위로, 붉은 달이 휘영청 떠 있었다.

나뭇잎 사이로 스며든 달빛은 길가에 피 냄새나는 그림자를 드리운다.

발걸음을 내디딜 때마다, 발가락 사이로 음산한 기운이 연기처럼 피어오르는 듯했다.

까악— 까악— 까악—

까마귀의 울음소리가 간간이 들려왔다. 날카롭고 서늘했다.

길가의 적요함이 더욱 짙어졌다. 바람은 거의 불지 않았고, 주변은 정적에 휩싸인다.

나무들은 고요하게 섰으나, 이 요사한 달빛이 그들 사이로 고블린과 오크를 만들고 있었다.

바삭, 바삭, 바삭.

걸음을 옮길 때마다 나뭇가지가 바스락거리는 소리, 발밑의 작은 돌멩이들이 구르는 소리가 귀를 간지럽힌다.

주변의 풍경은 희미하게 보였고, 붉은 달빛에 물든 모든 것들이 비현실적으로 느껴졌다.

길의 끝이 보이지 않았고, 그저 앞으로 나아가는 것만이 '그'가 할 수 있는 일이었다.

숨소리조차도 무겁게 느껴지는 이 산길에서, 모든 것이 정지된 듯한 기분이 든다. 이 길은 언제 끝날지 도저히 알 수 없었으나— 그는 잘 알고 있었다.

이 길로 3km만 더 걸어가면, '그 마을'에 도착한다.

그러니 그저 묵묵히 걸어가는 수밖에—.

그때였다.

"어이쿠, 거기 키 큰 나리 고생이 많으시구려! 이런 길을 다 걸어가시다니."

적막 너머로, 달구지 끄는 소리가 가까워져 왔다.

망토 너머로 보이는 수레에서는 익숙한 썩은 내와 비린내, 그리고 그 외 신성모독적인 무언가들이 코를 찔렀다.

"어디 보자, 갤런트 마을로 가시오?"

"그렇다."

움찔—!

달구지 위의 촌부가 그 날카로운 목소리에 몸을 움츠렸다.

그 어조는 마치 바위처럼 지친 듯하기도 했고, 북풍처럼 서늘하게 들리기도 했다.

"그 마을은 볼 게 없는데? 아시잖소. 웬 미친 도마뱀 새끼가 나타나서 다 태워 죽였소."

"안다."

"허 참, 그게 뭔 소린지 모르시오? 혹시 도회지에서 오셨나?"

촌부가 침을 튀기면서 말했다.

"괴물들이 사방팔방에 널렸단 소리요! 드래곤이 부리는 몬스터들, 저 시뻘건 달이 뜬 뒤부터 매일 같이 돌아다니는 망령들, 뒈진 놈들이 천국에 가지도 못하고 돌아다니는 구울들까지! 염병, 재수가 없는 것도 어지간히 해야지! 그놈들 때문에 장사도……!"

"여덟 번째."

지겹다는 듯 말한 남자가 짙게 눌렸던 모자를 살짝 들어 올렸다.

촌부는 그사이, 달과 비슷한 시뻘건 눈동자에 화들짝 놀라며 입을 다물었다.

"그 되지도 않는 거짓말을 듣는 것도 여덟 번째이니,

더 속 터지기 전에 냄새나는 입을 닫아라. 내장 까마귀 트로머."

"……뭐야, 이 새끼! 짭새였나!?"

그 순간이었다.

트로머가 타고 오던 달구지에서 장정 서넛이 벌떡 일어섰다.

몇 번이나 본 것이지만, 저 좁은 수레에 몇 명이나 끼어 타고 오는 것도 참 고역이었을 것이다.

남자가 그렇게 한가하게 생각하는 사이, 트로머는 어느새 달구지에서 내려 패거리들에게 무기인 할버드를 받아 들고 있었다.

"뭐야 대장, 그렇게 자신만만하더니 벌써 들킨 거야?"

"대장도 다 됐네, 다 됐어."

"시끄러워 이 새끼들아! 내 연기는 언제나 완벽했다고! 저 새끼가 이상할 정도로 눈치가 좋아서……!"

"거머리부대 탈영병 셋까지. 다 있군, 별일이야. 이제까지 다 모여서 돌아다니던 회차는 두어 번밖에 없었는데."

그때였다.

남자가 기이한 말을 내뱉었고, 트로머와 부하들이 서로를 보았다.

그리고 그중 하나가 슬며시 손을 들었다. 이에 남자는 천천히 고개를 끄덕였다.

"파리 부대 출신 하나까지."

"……대장, 저 새끼 뭐야."

"너…… 뭐야. 예언자냐!?"

"예언 같은 건 없다."

다만, 하고 남자가 천천히 몸을 '일으켰다'.

그제야 트로머와 부하들은 그가 산길을 내려오느라 무게 중심을 앞으로 한 채 걷고 있었음을 깨달았다.

망토 아래로 헐벗은 남성의 상반신이 보였지만, 그들은 결코 그가 기이한 취미가 있다고도, 방심하고 있다고도 생각하지 않았다.

저 2m짜리 돌덩이 같은 구릿빛 피부에는 도저히, 그 어떤 날붙이도 꽂아 넣을 자신이 없었으니까.

"지겹고 더러운 마법(magic)은, 있을지 몰라도."

"……씨발!"

"그래, 저 새끼도 사람이면 죽겠지!!"

탈영병들이 달려들었다. 이에 거구의 남자는 깊은 한숨을 쉬고는.

"—홉."

그것이 전부였다.

"어, 어어!?"

"으아아악!!"

탈영병들이 쥐고 있던 창이 마치 성냥개비처럼 부서졌으며, 그 창끝은 일체의 생채기도 낼 수 없었으니.

그 육신이야말로 그의 진정한 무기였으며, 수많은 '회귀'에도 불구하고 그의 영혼과 함께 유이하게 함께하는 것이었으니.

그 외의 것은, 일체 불필요했다.

"뭐, 뭐야 너!? 괴물이냐!?"

트로머가 손을 발발 떨면서 외쳤다.

거머리부대 대장이 될 때까지, 결코 적지 않은 전쟁터를 헤쳐왔으며, 그 횟수만큼의 인간 흉기들을 봐 왔다고 자부하는 그였다.

그러나 저 괴물은 무엇인가?

잠깐 검은빛이 번개처럼 반짝—하는가 싶더니, 그의 부하들을 마치 산사태처럼 날려 버리지 않았는가?

"아니."

'그'는 천천히 말했다.

"나는, 그저 길을 찾는 자일 뿐이다."

저 미쳐 버린 붉은 달이 떠오르고, 무한히 반복되고 있는 49일.

유일하게 모든 '반복'을 기억하는 그는, 그저 하염없이 방법을 찾고 있었다.

"서둘러야겠군. 그 아가씨는 성질이 급하니."

마지막 50일째가, '세상의 멸망'으로 끝나지 않을 방법을.

* * *

흔히 합리주의의 역설을 꼬집는 일화에는 이런 것이 있다.

―"여름에는 우리 코카콜라를 더 비싸게 팔겠다."
―"폭설이 내리자, 어느 철물점이 눈삽의 가격을 올려 팔았다."

친애하는 마셜 교수님의 수요―공급 법칙'만'을 따르면, 이 두 일화에서 (주)코카콜라와 철물점의 가격 인상은 합리적이다.

왜? 공급은 그대로인데, 수요가 늘어났다. 그럼 당연히 가격도 오르는 거 아닌가?

하지만 현실에서 해당 결정을 내린 (주)코카콜라 CEO는 욕을 바가지로 먹고 사임했고, 철물점은 주민들의 참교육(물리)을 듣고 이전 날의 선택을 참회하며 눈삽을 헌납해야 했다.

물론 코카콜라 CEO에게는 그 이상의 심각한 찐빠들이 많았다고 하지만, 제일 임팩트가 큰 건 이거였다.

아무튼 이 두 일화는 현실적으로 경제이론이 모든 현실을 반영할 수 없다거나, 뭐 그런 이유 등이 붙여진다.

하지만 고건 뭐, 내가 이런 일화들을 늘어놓았기에 경

제학 이론 연구에 열심이신 마셜 교수님이 알아서 하실 부분이고.

작가인 내가 보기에 중요한 부분은 사람들의 흔한 착각에 있다는 거다.

대부분의 사람은, 그리고 사회적 지위가 높고 성공한 경험이 많을수록 자신이 지극히 합리적이고 이성적이며, 다른 사람도 자기가 아는 걸 다 안다고 생각한다.

하지만 세상 모든 사람이 다 똑같은 걸 알고 똑같이 합리적으로 생각하는 것은 아니다. 그게 가능했다면 그건 더 이상 인간이 아니라 신경삭이 달렸거나 하이브 마인드의 사념파로 움직이는 외계인들이지.

즉, 이 시대 사람들의 합리주의란 어디까지나 거대한 착각에 불과하단 거다.

세상엔 아직 인류가 찾아내지 못한 규칙과 법칙이 무수히 많으며, 그 무수한 미지가 세상을 불합리하게 만든다.

'이지 비틀'의 신작, 〈영원한 49일의 세계〉는 그런 세계를 무대로 하는 '다크 판타지 장르'를 의식하고 쓴 단권소설이다.

본래 평범한 가상의 중세 세계관 속에서 달이 미쳐 붉은색을 띠고, 그 뒤로 7주 동안 세상에서 마물과 전염병이 창궐하다가 마지막 50일째에 세상이 멸망한다.

심지어 그 이유도 수십 가지다.

한 번은 세상을 집어삼키는 마룡이 모든 것을 태워 버

린다.

한 번은 사악한 이교도들이 악신을 강림시킨다.

한 번은 라이칸슬로프 병에 걸려, 늑대인간이 된 누군가가 끝없이 모든 것을 걸신들린 듯 먹어 치우다가 달을 먹기 위해 물어 채 그 살점과 피로 온 세상에 홍수가 난다.

―'부탁해요. 나의 레드. 세상을 구해 줘요.'

주인공 애설레드(Aethelred)는 여신의 무녀이기도 한 왕국의 공주에게 선택받아 이 세계가 멸망하는 순간 붉은 달이 뜬 첫날로 회귀하게 된 기사.

소설 시작 부분에서 그는 이미 수십, 수백 번의 회차를 겪었고. 그 때문에 사람들이 보기엔 비합리적으로 보이는 무수한 선택을 하게 된다.

―뭐!? 그 마룡과 대화해 보겠다고?! 자네 미쳤나? 그건 인류를 향해 뻗은 악의야!! 도저히 공존할 수 없는 마물의 왕이라고!!

왜냐하면 그 마룡이야말로 50일 이내에 모든 대륙을 돌아다닐 수 있는 유일한 수단이자, 연애는 하고 싶은데 짝이 없어 애달파할 뿐인 사춘기 소녀에 불과하므로.

―뭐?! 암흑제국의 황제와 동맹이라니!! 무려 500년간 우리 왕국을 노리던 사악한 제국을 어떻게 믿으라고!!

왜냐하면 그 황제 또한 세계 멸망의 비밀을 알고, 이를 막기 위해 최선을 다하는 성군 중의 성군이자 든든한 아군이자 친구가 되어 줄 남자니까.

―뭐?! 더워질수록 두꺼운 옷을 입고, 주변에 인기척이 느껴지면 최대한 소란을 떨라고? 심지어 추적이 가까워지면 천천히 도망치면서 사방이 노출된 바위 위로 올라가라니, 그게 대체 무슨 소리냐!?

왜냐하면 형태가 아닌 온도로 세상을 보는 리자드맨(Lizardman)들에게서 살아남으려면 그 방법이 제일 합리적이니까.

그런 식으로 애설레드는 수백 번의 리트라이를 통해 얻은 지식을 통해 먼치킨 적인 활약을 하며 세계를 구하기 위해 끊임없이 노력한다.

그 과정에서 그의 인간성은 수백 년의 시간 속에서 마모되고, 그에게 회귀 능력을 주는 대가로 존재가 삭제되어 버린 공주는 이름도, 얼굴도 생각나지 않는다.

하지만 그럼에도 애설레드는 움직인다. 그 '부탁' 하나에 의존하며.

비상식적이지만 사실 제일 합리적이고, 합리적인 척하지만 제일 비합리적인 남자.

그것이 애설레드다.

나는 이 소설을 통해 세상의 합리주의는 대단히 불완전하며, '지금까지 내가 생각하던 게 사실 틀린 것일 수도 있다'—라는 이야기해 보고 싶었다.

그런데.

"가자!! 독일 놈들을 참교육하자!!"

"우리 영국이 세상의 중심을 지키고 있어요!!"

"……저거 어쩔 거야?"

"아니."

왜 이렇게 되는 건데?

나는 영국군 자원병 입대 숫자가 날로 갱신되고 있다는 말에 머리를 치며 탄식했다.

그렇게 나는 모두에게 인간이 빠지기 쉬운 함정을 이야기하면서도, 작가가 빠지기 쉬운 함정. '독자들은 반드시 작가가 원하는 대로 읽어 주진 않는다.'는 점을, 간과해 버린 것이었다…….

* * *

〈영원한 49일의 세계〉가 '한슬로 진' 명의가 아닌 '이지비틀' 명의로 출간된 이유는 간단했다.

어찌 보면 허버트 조지 웰스에게 떠맡겼던 〈두 발의 총성〉 때와 같다. 작품 자체가 지나치게 꿈도 희망도 없이 암울하기 그지없는 고딕풍 다크 판타지였기 때문이다.

게다가 결말, 마지막 회차까지 그러했다.

마침내 동료들의 의지를 모아 붉은 달을 토벌하고 세상이 멸망하는 근원을 찾아내 적출하여 세상을 구한 애설레드는— 그럼에도 세상이 무너지며 무(無)로 돌아가는 것을 보았고, 붉은 달의 여신과 단독으로 만나면서 모든 것을 깨닫는다.

—"그렇군, 나 때문이었나."

인과율.

세상이 무너지는 것을 막기 위해 인간에게 금지된 무한한 시간 회귀를 수백 번이나 사용한 결과, 애설레드는 그 존재만으로 세계의 멸망을 가속화하는 트리거가 되어 있었다.

결국 애설레드는 스스로를 희생한다.

검으로 자신의 심장을 찌르고, 존재가 소멸되며 공주의 얼굴을 떠올리고 눈을 감는다.

결국 51일째. 세상은 멸망에서 구원되었지만, 정작 그 구원자인 애설레드와 공주는 그 모두의 기억 속에서 잊히는 새드 엔딩.

물론 그 의지는 이어진다. 동료들은 어딘가 빈 곳을 느끼며, 또 다른 누군가를 도와주는 삶을 살게 되지만, 어쨌든 새드 엔딩이라는 것은 변하지 않는다.

이런 '한슬로 진' 명의로 이런 새드 엔딩을 내는 것은 조금 적절하지 못하겠다— 그렇게 여긴 미래인은 '이지비틀' 명의로 소설을 출간했다.

'팔리지 않을 수도 있다'라는 가능성은 애초에 없었다.

당장 〈과자와 마녀와 여름〉도 아직 잘 연재하고 있고, 라디오와 사보이 극장에서도 인기 레퍼토리로 '한슬로 진'과 다르게 평론가들의 지지도 얻고 있으니 출간만 해도 평론가들이 알아서 광고해 줄 거다— 그렇게 생각했고, 그 생각이 맞았다.

다만, 그 방향이 조금 달랐을 뿐.

〈애설레드가 지켜 온 우리 영국의 '비상식'은 어떻게 유럽의 상식이 되었는가!〉

〈문학 분석 : 대영 제국의 외교관들이 지켜 온 영원한 49일의 외교〉

〈기꺼이 골고다의 언덕을 걸어 올라간 영국의 애설레드!〉

그리고 그 방향성을 일반 대중 또한 크게 거부감 없이 받아들였다.

"흥, 〈지옥불〉에 피터 페리가 나왔다고, 평론가들이 이지 비틀을 높여 주는 데 열심이구먼."

"그래도 틀린 말은 아니지 않나? 크, 그 서러운 욕지거리 속에서도 꾸준히 세상을 구하기 위해 걸어가는 애설레드의 모습…… 누가 봐도 우리 영국이잖아!"

"하긴, 우리 영국인들이 얼마나 열심히 세상에 전쟁이 나지 않기 위해 이리 뛰고 저리 뛰면서 평화를 중재하는데 말이야. 하나같이 우리 영국을 얌체니 뭐니!!"

"프랑스고 독일이고, 결국 세계를 정복할 생각밖에 없는 '멸망 요소'들이란 얘기 아니겠나!"

18세기 중반, 7년 전쟁 시기부터 확립된 영국의 외교 방향성은 익히 잘 알려진 대로 '그 누구도 유럽의 일인자가 되지 못하도록 견제'한 채, 영예로운 고립(Splendid Isolation)을 유지하는 것.

즉, 관점에 따라서는 유럽의 평화를 지키기 위해 사랑과 진실, 아편을 뿌리고 다니는 유럽 외교가의 감초이자 윤활제라고 하지 못할 것도 없다—고 그들 스스로는 그렇게 여겼다.

응? 인도를 집어먹고 중국에 아편 판 거? 거긴 '유럽'이 아니잖아?

아무튼 그렇게 열심히 뛰어다니면서 영국이 얻은 평판은 무엇인가? 균형을 지키는 니케의 화신? 평화를 위해 한시도 쉴 새 없는 비둘기?

아니다.

얌체, 박쥐, 혐성국.

그것이 유럽에서 영국이 듣고 있는 평가요, 하나같이 악평이다.

'이게 우리가 평화와 균형을 위해 뛰어다닌 결과인가?'

'우리 영국이 중재하지 않았으면 전쟁이 터질 일이 수없이 많았는데?'

이런 내면적 울분이 영국인들에게는 상시 존재했다.

마치 21세기 일본인들에게 세계 유일의 피폭국이라는 피해자 의식이 항시 내재되어 있는 것처럼.

그리고 〈영원한 49일의 세계〉 속 애설레드는 (작가의 본의와는 관계없이) 그런 영국인들의 마음을 완벽히 긁어 주었다.

"하하, 그렇지! 애설레드를 무시하던 놈들 대가리가 깨져 나가는 걸 보니 속이 시원하구먼!!"

"건방진 놈들이야. 레드가 시키는 대로만 하면 모든 게 다 해결될 텐데, 꼭 굳이 말을 안 들어 처먹어서는!!"

"그러게나 말이야! 그러고 보니, 신문을 보니 요즘 독일 놈들이 그렇게 사고를 많이 친다지? 모로코인가 몰디브인가 하는 곳에 쓸데없이 군함을 비집고 들어가고 말이야!"

"누가 아니라나! 하여간 독일 놈들은 비스마르크 때부터 그랬어. 프랑스를 이긴 것까지야 알아서 하라 이거야. 근데 왜 러시아와 손을 잡고 발칸에 자꾸 손을 댔지? 결국 전부 자기들이 먹을 땅이다 이거 아냐!"

그렇게 점차 시간이 지날수록 〈영원한 49일〉을 읽은 독자들은 영국의 푸대접에 통탄스러워하며 독일을 규탄했다.

그리고 그 흐름은 자연스럽게.

"더 이상 독일을 봐주지 마라!!"

"영국을 우습게 보는 놈들 대가리를 깨부숴라!!"

반독 시위.

"여기, 여기에 이름 적으면 됩니까?"

"네! 그리고…… 낸시, 여기 입대 서류 좀 더 가져와!!"

폭발적인 자원입대 증가.

"그러면, 만장일치로 오스만 튀르크와의 군사 협력 및 해군 지원을 골자로 협상을 진행하겠습니다!"

독일을 견제하기 위한 오스만 튀르크와의 협상까지.

이 모두가 '이지 비틀'이 떨어뜨린 한 방울의 물이 만들어 낸 결과였으니…….

"……결과적으론 우리가 바라던 방향이긴 했는데."

"아니, 내가 원한 건 이게 아니었다고!!"

그저 시장을 잘못 읽은 어느 미래인만이 시대의 흐름을 읽지 못하고 황당해할 뿐이었다.

* * *

"내 이럴 줄 알았지……."

충격과 공포에 빠진 어느 미래인의 발광을 안주 삼아 팝콘을 씹던 몬티가 혀를 차며 중얼거렸다.

애초에 '사람은 그렇게 합리적이지 못하다'라는 주제를 그렇게 카타르시스 넘치는 영웅 서사로 써 버리면 누가 알아 먹겠는가?

그냥 카타르시스에 취하거나, 아니면 영웅에 감정 이입 하지.

"입만 열면 재미, 재미. 그러니까 재미밖에 모르지……."

근본적으로 '너희들이 알고 있던 거 다 틀렸어'라고 말하는 것.

우리는 그것을 사회 비판이라 부른다고 합의를 보았다.

그리고 마땅히 사회 비판이란 정면에서 대가리를 깨는 게 제맛이다.

아니시에이팅에서 이어지는 키보드의 막고라. 이는 고대 그리스 아테네에서부터 이어지는 영험하고도 신성한 행위였다.

설사 그게 아니라도 베베 꼬면서 아아, 그것도 모르는 것인가? 하면서 '은유'하는 게 정석이고.

문제는 한슬로 진, 진한솔이라는 인간의 글은 도저히 그런 푸닥거리에 어울리지 않다는 점에 있었다.

입버릇처럼 말하듯, 장르문학은 근본적으로 재미가 우선이기 때문이다.

본인도 그것을 알고 있기 때문에 '이지 비틀'이라는 차명으로 작품을 출간했겠지만— 그래 봐야 뭐 하는가. 결국 쓰는 인간이 그 사람이고 이러니저러니 해도 '재미'가 최우선이 되었는데.

'애초에 주인공 이름부터가 애설레드고.'

1천 년 전 브리튼 섬에 대대적으로 쳐들어온 바이킹 연합군의 이교도 대군세(Great Heathen Army)에 맞서 7년간 분전했으나 결국 끝끝내 패배한 웨섹스의 국왕.

하지만 적어도 어리고 멍청한 아들들에게 왕위를 물려주는 실책 대신, 과감하게 동생인 알프레드에게 왕위를 물려줘서 현재도 영국인들에게 큰 존경을 받고 있는 명군 알프레드 대왕이 국왕이 될 수 있도록 해 주는 '현명한 선택'을 했던 국왕이 아닌가?

작가 본인은 '고귀한 조언자'라는 뜻에 집중했다고 주장하지만, 역사 속 애설레드의 업적과 품성. 그리고 이를 영웅 서사로 만든 듯한 기사 애설레드를 보면 헛소리에 불과하다.

즉, 역사적 맥락을 고려하지 못한 외국인의 착각이라 할 수 있었다.

'20년 가까이 살았는데도, 한슬은 근본적인 부분에서 우리랑 다르니까.'

부계는 미국 상·공업계, 모계는 영국 지방 귀족, 가정교사는 21세기의 한국인.

서로 다른 문화를 흡수해 온 경계인이자 그러면서도 영국의 기득권에 무리 없이 적응한 과거 이튼 연극부의 사신인 몬티였기에 할 수 있었던 냉정한 판단이었다.

물론 그런 냉정한 판단 속에서도, 진한솔과 같은 조선 출신이라고 하는 매형 김창수가 하는 사고방식의 근간 자체가 다른 이유는 아직도 찾지 못했지만.

아무튼 중요한 건 그게 아니다.

놀림감을 찾았다는 게 더 중요하지.

"〈'영원한 49일의 세계'로 인한 해병 자진 입대 폭증, 병력 부족 해소 성공〉."

"끄아아악."

"〈전쟁국(戰爭局, War Office) 대변인, '인기 작가, 이지 비틀의 애국심에 감격.'〉"

"아아아앍!!"

"〈익명의 보수당 위원, '이지 비틀에 훈장 수여 방안 모색'……〉"

"아니야아아앍!!"

'내가 액윽보수라니! 태극귀라니!! 절대 그럴 수 없어!!'라는 의미 불명의 해괴한 비명을 지르며 발광하는 한슬로 진이라니…… 참으로 볼만한 광경이다.

사진이나 영화 찍기가 좀 더 간편했다면, 이 광경을 찍어 동네방네 소문이라도 내고 싶을 정도로.

뭐, 그랬다간 진짜 혼날 테니 그러지 못하겠지만.

아무튼.

"뭐, 그래도 덕분에 일이 많이 편해지긴 했어."

히죽히죽 웃으며 말하곤 있지만 진심이다.

몬티는 최근 같은 당 소속의 재무부 장관, 데이비드 로이드 조지(David Lloyd George)와 만나 나눈 말을 떠올렸다.

'그러니까, 드레드노트급을 추가 발주하라는 말씀이십니까?'

'그렇다네.'

'그, 실례지만 장관님. 장관님께서는—.'

애스퀴스 내각의 꾸준한 군축 및 복지 향상 기조.

그 기조를 뒷받침하는 이가 바로 데이비드 로이드 조지였다. 심지어 영국 해군 법에 의거하여 2위와 3위를 합친 수준. 즉, 최소 8척이어야 할 드레드노트를 6척, 심하면 절반까지도 줄여야 한다고 주장했던 이가 바로 데이비드 로이드 조지가 아니던가?

하지만 재무부 장관은 허허로이 먼 산을 보고 웃으며 말했다.

'지금 분위기를 보게. 내가 여기서 또다시 군축을 주장했다간 무슨 일이 벌어지겠나?'

사지가 찢겨 에든버러, 더블린, 런던, 카디프(Cardiff,

웨일스의 수도)에 각각 뿌려지겠지.

몬티는 그런 불경한 생각을 했다가 고개를 저어 이를 털어 냈다.

'뭐, 결국 '불로소득세'도 통과됐고 애국자들이 낸 성금도 충분하지. 이 정도면 복지를 하고도 남아.'

그렇다면 굳이 군축할 이유가 없다. 데이비드 로이드 조지가 그렇게 설명하며 이어 말했다.

'발주하게. 우리가 너무 늦기 전에.'

'알겠습니다.'

몬티 개인에게도 나쁜 이야기는 절대 아니었다.

어쨌든 해군의 힘이 강해지는 건 해군장관인 자신의 입지도 높아진다는 거니까.

다만.

"너무 늦기 전에, 라……."

"왜 그냐. 뭐 마려운 것처럼."

"한슬."

진짜 전쟁이 날까?

몬티가 진지하게 물었다. 그 말을 들은 미래인 작가는 단번에 아시아계 현자이자 예언가로 되돌아와 몸을 일으키고 몸을 털었다.

"뭐야, 겁나냐?"

"당연히 겁나지. 그러면."

전쟁이 겁이 안 날 리가 있나.

물론 몬티의 야망은 이 대영 제국의 총리까지 올라가는 것이다. 심지어 그마저도 수단에 불과하며, 진짜 목적은 영국에 남은 차별을 철폐하는 것이다.

한슬로 진이 자기 이름, 진한솔로 살 수 있도록.

애거트 애런이 메리 밀러로 살 수 있도록.

그러려면 그냥 총리가 아니라 전설적인 총리가 될 필요가 있다. 저 글래드스턴이나 디즈레일리와 같은 전쟁영웅 수준의.

하지만 그것이 도박이라는 것은 확실하며 그 상대가 심지어 승패도 제대로 장담할 수 없다면…… 겁이 나는 것은 당연한 일이다.

게다가.

"아빠가 되어 보니 쉽지 않지?"

"……젠장."

낄낄 웃는 저 얼굴에 한 대만 때리고 싶다.

그런 생각을 하던 몬티에게, 진한솔은 천천히 다가가 옆에 앉더니 그 어깨를 두드려 주었다.

"괜찮아, 인마. 의외로 다 잘 풀릴 수도 있어."

"진짜로?"

"너 할 일만 잘하면 돼. 거 왜, 갈리폴리에 꼬라박는다거나 하는 것만 아니면……."

"뭔 소리야. 오스만은 우리 편이잖아."

아니, 그 이전에 그 험준한 해안에 병력을 쏟아붓는다

니? 왜? 병사들 다 죽일 일 있나?

어리둥절해하는 몬티에게 미래에서 온 시간 표류자는 그저 '그런 게 있다'고만 할 뿐이었다.

"아, 나 슬슬 시간 됐다."

"바쁘네. 또 뭐 있냐?"

"WB사."

몬티는 짧게 말했다.

"신형 복엽기를 확인하러 가야 해."

"흐음. 고생해라."

마크 아빠.

몬티는 아직 귀에 익숙하지 않은, 그러나 슬며시 입꼬리가 올라가는 칭호에 고개를 끄덕였다.

* * *

그리고 그 묘한 훈훈함은, 영국 서리주 웨이브리지(Weybridge)에 도착하면서 사정없이 깨져야 했다.

"밀러 해군장관!! 이제야 왔나!! 지각이군!!"

"변함없이 시끄럽군요, 공군장관 각하."

윈스턴 처칠.

드디어 염원하던 공군이 설립되고, 그 참모총장이라 할 수 있는 공군장관 자리에 앉아 업무 만족도 140%를 찍고 있던 보어 전쟁의 영웅.

즉, 몬티 밀러가 총리 자리에 앉으려면 제일 치열한 경쟁을 해야 할지도 모르는 남자였지만—.

"아, 오셨군요! 밀러 해군장관님!!"

"오랜만입니다, 필처 씨!"

"허, 필처 사장. 나는 안 보입니까?"

"하하, 처칠 장관님은 언제나 늘 보고 있는 사이 아닙니까."

"흠, 흠."

정작 그 공군을 제일 열심히 보급하고 있는 WB사의 퍼시 필처는 몬티 밀러와 모종의 관계(주로 재단 관련)가 있는 사이이니.

윈스턴 처칠로서는 역으로 직무적 입지를 빼앗긴 기분을 면치 못했다.

"그보다, 저희 쪽의 연구제안서는 보셨습니까?"

"아, 예. 매우 흥미롭게 보았습니다. 드레드노트급 전함의 갑판에 활주로를 달고, 전함 자체가 항공기의 모함(母艦) 역할을 하는 구조라······."

"그리고 그러기 위해서는, 항공기 자체가 함선에 큰 부담을 주지 않는 형태— 함재기로 개발되어야 하겠죠."

얼굴을 찡그리며 고심하는 퍼시 필처에게, 몬티 밀러는 담담하게 말했다.

항공모함(航空母艦, Aircraft Carrier).

해군장관이 된 몬티에게 시간 표류자가 뜬금없이 내놓

은 제안으로, 만약 성공만 된다면 함대함(艦對艦) 전투에서 어마어마한 우위를 취할 수 있다.

함포의 사정거리가 수십 km 단위면 뭐 하는가? 상대의 위치를 제대로 관측해야 쓸모가 있지.

상대적으로 작고 가벼우며, 파도의 영향을 받지 않는 비행기의 정찰 및 관측 능력이 있다면 포병에게 망원경이 생기는 것 이상의 효과를 볼 수 있다.

그뿐인가? 만약 함재기가 자체적인 전투 능력까지 보유한다면, 주변 지역에 제공우세를 점하고 대함 공격, 지상 지원 등등…… 몇 가지의 역할을 동시에 할 수 있는 하이브리드 팔방미인 서포터로 탈바꿈하게 된다.

다만.

"지금 당장은 역시 어렵습니다."

"그런가요."

"어쩔 수 없지 않나. 바닷바람은 목조 비행기에 너무 치명적이야."

처칠조차 진지하게 고개를 저었을 정도의 무리.

몬티 밀러는 그 말에 어쩔 수 없이 수긍할 수밖에 없었다.

미래인의 나비 효과로 알루미늄이 더욱 빠르게 납을 대체하고 그 덕에 비행기가 7년 이르게 등장하기는 했지만, 이를 대량 생산을 하기엔 알루미늄의 가격이 아직도 너무 비쌌다.

"요즘 알루미늄으로 만드는 두랄루민(Duralumin) 합금인가, 그런 것도 나왔다고 하지 않았던가요? 그건 어떻습니까?"

"아, 확실히 그건 알루미늄만큼이나 가볍지만, 그 이상으로 단단해서 좋긴 하죠. 다만, 그 제작방식이 너무 주먹구구식이라…… 알루미늄보다 훨씬 비싸더군요."

"아이고……."

그러면 어쩔 수 없다.

몬티는 깊은 한숨을 쉬며 고개를 저었다. 그리고 그런 그를 대신하듯 끼어든 윈스턴 처칠이 다급히 말했다.

"그래서 내가 부탁한 건?! 더 성능이 쎄는, 전투 능력까지 갖춘— 전투기 말일세!!"

"아, 그건 나왔습니다."

퍼시 필처는 고개를 끄덕이며 말했다.

"두 분도 아시다시피 공중에서 제대로 총을 쏘려면 답이 없습니다. 차라리 많이 흩뿌리는 편이 답이 나오죠."

"그래서 기관총을 달기로 했잖나."

"예. 빅커스사와 제휴해 시제 기관총(Vickers Machine Gun)을 넘겨받았고, 작년 독일에서 나온 싱크로나이즈 기어(Synchronize Gear) 엔진의 시험 모델과 연동시켜 봤습니다. 아, 저기 지금 시험 비행 시작하는군요."

두 젊은 장관들이 고개를 들어 올렸다.

하늘 위, 기나긴 끈이 달린 무인 열기구가 육안으로 봐도 대충 동네 뒷산 정도는 아래로 내려다보일 정도로 높게 떠 있었고 그 옆으로 복엽기 하나가 천천히 날아들어 갔다.

그리고 이윽고 용의 포효처럼 기관총 우는 소리가 울려퍼졌고.

펑!!

무인 열기구가 순식간에 벌집이 되어 유성처럼 떨어진다.

"……비행기 이름이 뭐라고 했지요?"

"카멜(Carmel)입니다."

묘하게 담배 냄새 나는 이름인데…….

몬티가 그렇게 생각하는 사이, 옆에 있는 처칠은 닥치고 돈 가져가라(Shut up and take my money)고 난리를 피우고 있었다.

3장
지옥으로 걸어가는 계단

지옥으로 걸어가는 계단

 윈스턴 씨가 신형 비행기의 압도적인 성능에 마음을 빼앗겨 사랑을 하든 말든, 해군장관 몬티 밀러는 다음 일정으로 향했다.

 이번에도 퍼시 필처처럼 그가 잘 아는 사람이었다.

 "포드 회장님!! 영국에 오신 것을 환영합니다!!"

 "밀러 군! 아니, 이제 해군장관이라고 해야겠군요. 오랜만입니다!!"

 헨리 포드.

 퍼시 필처와 마찬가지로 〈앨리스와 피터〉 재단의 은총을 받은 사업가이자 발명가였다.

 물론 같은 선상에 놓기에, 이미 '자동차왕'이라 불리고 있는 헨리 포드와 WB사의 영국 지부장에 불과할 뿐인

퍼시 필처의 차이는 제법 크며.

그렇기에…….

"장관님, 조금만 옆으로……!"

"하하, 알겠습니다."

"좋습니다, 찍습니다!!"

파파파팡!!

가벼운 셔터음이 항구를 가득 메웠다.

몬티 밀러는 그날 글로벌 미디어사 휘하에 있는 수많은 잡지와 그 잡지들에 뒤질 수 없는 신문들이 '영국의 젊은 해군장관과 미국 최고의 사업가'의 만남을 1면에 실으리라는 것을 알았다.

이는 예측도 뭣도 아니라, 애초에 그의 형수나 다름없는 로웨나 진-로스차일드와의 합작품이었으니까.

'헨리 포드 씨와의 인연을 대대적으로 홍보해 달라, 라…….'

'좋은 일이잖아요? 제 핏줄의 홍보도 되고, 인맥도 알릴 수 있고, 무엇보다―.'

'반자본가 스탠스가 아니라는 것도 확실하게 할 수 있다는 거군요. 좋습니다.'

로웨나는 고개를 끄덕였다.

현재 자유당의 기수, 루이스 몬태규 밀러의 최대 업적은 다름 아닌 '마셜 플랜'과 사회보장제도의 확립.

이것은 당연히 아버지 프레데릭 알바 밀러의 출신 때문

에 동지라 여겨지고 있던 신흥자본파 일부와 정적이 된다는 의미였으며, 실제로 과거 조지프 체임벌린과 함께 자유당을 탈당했던 정치인 중 과격파의 면면들은 몬티 밀러를 일종의 배신자 취급하며 위험시하고 있다.

그나마 그 체임벌린의 차남인 아서 네빌 체임벌린과 친하다는 이유로 아직 완전히 척을 지진 않고 있었지만—

이 역시 그냥 두면 위험한 상태.

'그들의 얄팍한 주장을 받아들일 생각은 없지만, 돈과 지지는 필요하니까요.'

그러니 그들이 숙이고 들어올 수밖에 없게 만든다.

그 수단이 바로 그들의 상위호환과도 같은 미국의 대부호이자 사업가들의 워너비, 헨리 포드인 거다.

로웨나는 몬티 밀러의 확실한 성장을.

그리고 몬티 밀러는 한슬로 진의 반쪽으로서 로웨나의 눈부신 통찰을 엿볼 수 있는 협력 시간이었다.

그리고 그렇게. 헨리 포드와 몬티, 둘만 남은 자리에서는.

"대단하군, 몬티 군. 자네가 시카고 올림픽 때 미국을 찾았던 때만 해도 그저 새내기 정치인에 지나지 않았던 것 같은데."

헨리 포드는 입가에 시가까지 문 채, 한슬로 진을 끼고 만날 때와는 비교도 되지 않을 정도로 차가운 태도로 말했다.

몬티는 내심 식은땀을 흘렸다.

로웨나에 이어 이번엔 헨리 포드다. 자신의 성장을, 이 냉엄하기 그지없는 강도 귀족계의 신성에게 인정받아야 할 차례다.

그렇기에 그는 애써 내색은 하지 않은 채 자연스러운 척 고개를 끄덕였다.

"조만간 스톡홀름에서 또 올림픽을 하잖습니까. 그때가 벌써 7년 전입니다. 참, 에젤은 잘 지내죠?"

"크흠. 잘 지내지."

'섭섭하게 왜 그러냐. 내가, 네 아들도 아는데.'라는 의미임을 안 포드는 헛기침과 함께 고개를 끄덕였다.

몬티는 아이스브레이킹에 성공했다는 것을 깨닫고 슬며시 미소를 지으며 말했다.

"죄송하지만 회장님, 일도 바쁘고 저희도 이런 식으로 시간 낭비할 필요는 없는 사이이니 빠르게 말씀드리겠습니다. '그거', 어디까지 진행됐습니까?"

"허허, 참. 누가 한슬로 진 작가님의 동생 아니랄까 봐 성격 한번 화끈하군."

좋아, 라고 말한 뒤 시가의 끄트머리를 자르고 다시 품 속에 넣은 포드가 고개를 끄덕였다.

명백히 앞으로의 이야기에 집중하겠다는 표시.

됐다. 몬티가 몰래 주먹을 불끈 쥐었다. 합격이다.

"결론부터 말하면 개발 자체는 완료됐네."

"정말입니까!"

"그래. 솔직히 나도 반쯤은 SF 소설에서나 나오는 걸 줄 알았는데…… 성과가 괜찮더군. 이— 전차(Tank)라는 물건은."

전차.

〈두 발의 총성〉에서도 언급되는 전쟁 병기이자 한슬로진이 과거 테슬라, 포드, 몬티 앞에서 풀었던 정보 속에 있던 '포탑을 올린 무한궤도 장갑차'였다.

포드는 올림픽이 끝나는 대로 이를 가져가 시제품 연구에 박차를 가했으며, 그것이 7년의 개발 과정을 통해 완성했다. 이미 실용성 테스트까지 끝내 본 참이었다.

"멕시코 쪽에서 굴려 봤는데, 일선 장교들은 호평을 연발했다더군."

"정말입니까?"

"음, 이름이 아마…… 패튼이었던가? 초임 장교임에도 불구하고 대단히 정력적으로 평가했다더군."

"아, 그 이름이라면 저도 대충 알 것 같습니다. 샌프란시스코 대지진의 영웅이었죠?"

"문제는 자네 나라야."

포드는 눈살을 찌푸리며 고개를 저었다.

"리처드 홀데인 전쟁부 장관은 충분히 가능성이 있을 거라는 평가를 내렸지만, 지금 당장 예산을 투입하진 않았네. 아마도 문민 장관이다 보니 현장 지휘관들을 어떻게 설득해야 할지 난망을 겪고 있는 듯해."

"어쩔 수 없죠. 군대는 늘 보수적이니까."

예상했던 대로의 말에 몬티는 고개를 끄덕였다.

어차피 그 역시도 샌드허스트 출신이다. 이런 신식 무기가 바로바로 받아들여졌다면 그쪽이 더 놀라웠을 것이다.

대신, 이라고 말한 몬티는 준비해 놓았던 서류를 내밀며 물었다.

"이런 건 어떻습니까?"

"이건 뭔가? 상륙…… 장갑차?"

"말만입니다, 말만."

아직 본격적인 참호전의 시대는 오지 않았지만, 그럼에도 불구하고 상륙작전이란 대단히 빡센 것이 현실이다.

좋게 봐도 수십 kg짜리 군장을 짊어진 채 수송선에서 그물사다리를 이용해서 보트로 옮겨타고, 노를 저어서 해안에 닿으면 다시 뱃전으로 넘어가서 무릎까지 빠지는 물이나 진창에 발목을 잡혀가며 허우적대야 간신히 모래사장에 발이라도 디딜 수 있다.

"이 과정에서 소요되는 시간, 전투력은 대단히 큰 손해 잖습니까. 그렇다고 해서 적이 내륙에만 있으리란 보장은 없고."

"그래서 '수심이 얕은 앞바다에서는 장갑차를 타고 상륙해서 엔진이 대신 전진해 안전하게 하선할 수 있는 장갑차'라는 핑계로…… 해군이 전차를 운용해 보겠다?"

"네."

물론 조금만이라도 미래지식을 갖고 있거나 공학에 능한 사람이 있었다면 '그게 말이 되냐?'라고 했을 것이다.

물 위에 부력도 제대로 살지 않는 쇳덩어리가 뜬다는 것도 말이 안 되거니와, 이 시대의 기술로 '물에 들어갔을 때 엔진에의 영향을 완전히 차단하는 차량'을 만드는 것은 불가능하니까.

하지만 어차피 필요한 건 명분. 페이퍼플랜이라도 상관없다.

몬티는 당당하게 말했다.

"원래 국가기관이라는 건 그런 식으로 예산을 빼먹는 거 아니겠습니까?"

"허허, 참."

"뭐, 안 되더라도 〈앨리스와 피터〉 재단이 있으니까요. 그쪽이 따내 간다고 하고 적당히 넘겨받아도 되겠죠."

"자네도 정말…… 훌륭한 정치인이 다 됐군."

마음에 들어.

씨익 웃은 헨리 포드가 몬티에게 손을 내밀었다. 몬티도 고개를 끄덕이며 그 손을 마주 잡았다.

"앞으로 잘 부탁합니다, 몬티 밀러 해군장관."

"저 역시. 포드 씨의 투자에 큰 기대를 하고 있습니다."

"하지만 그것만으로는 안될 텐데?"

포드는 손을 놓으며 말했다.

"내가 군대를 잘 아는 건 아니지만, 독일의 산업은 잘 알아. 아마 내가 전차를 내놓는다면, 독일 역시 조만간 전차를 내놓을 걸세."

"물론이죠."

"그러면 그 차이는 금방 메워질 거야. 그렇게 되면……."

"네."

몬티는 고개를 끄덕였다.

포드를 끌어들이는 데 성공했으니 이젠 다음 사람을 만날 차례였다.

"필요한 건, 역시……."

* * *

"병력이겠죠."

며칠 후.

'다음 사람'을 만난 자리에서 몬티는 담담하게 말했다.

이에 상대 또한 고개를 끄덕여 말했다.

"아무래도 그렇겠지. 전투라면 모를까 전쟁은 결국 머릿수로 하는 거니까."

"그래서 말입니다만— 어떻게 안 되겠습니까?"

선배님.

몬티는 그렇게 말하며 아일랜드 귀족원의 대표로서 런던에 도착한 상원의원 겸 작가.

18대 던세이니 남작, 에드워드 플런켓을 바라보았다.

이전과 크게 다를 바 없는, 여전히 곰 같은 인상의 거구 사내였지만, 던세이니 남작은 침잠된 구겨진 표정을 펴지 않으며 물었다.

"몬티. 난 솔직히 네게 고마워하고 있다."

"……무슨 말씀이세요?"

"솔직히 지금 아일랜드가 지금 이 정도 자치권을 누리고 있는 게 네 덕분 아니냐."

"저라기보단…… 왕세자 전하께서 힘을 많이 써 주셨죠."

딱히 틀린 말은 아니었다.

어쨌든 세계 순방에서 돌아온 이후, 조지 왕세자가 적극적으로 식민지의 자치권을 지지해 준 결과가 현재의 캐나다, 아일랜드, 남아프리카, 호주, 뉴질랜드의 5대 자치령이니까.

이 자치령들은 현지에서 양원제 의회를 구성하고, 각 자치령에 한정된 입법 권한을 독자적으로 가질 수 있다.

명목상 국가원수의 대리인 총독이 있긴 하지만, 사실상 자리만 파 둔 허수아비에 불과했고.

이전에 비하면 상당한 권리를 얻었다.

그러므로 이에 만족한 이들도 분명히 존재한다.

하지만 그 어떤 정책도 모든 이들을 만족시킬 수는 없는 법.

분열 또한, 분명히 존재했다.

"얼스터 지방은 여전히 자치권 반납을 주장하고 있다."

"……으음."

"게다가 군사권과 외교권이 여전히 없다는 점도 완전 독립을 주장하는 이들에게 불만거리야."

결국, 분란의 불씨는 여전히 남아 있는 셈이다. 그저 뚜껑을 덮어 놨을 뿐.

근심하는 표정이 된 몬티에게, 던세이니 남작은 선배의 정을 담아 물었다.

"이런 상황인데도, 아일랜드에 손을 벌려야 할 정도로 급하냐?"

"급합니다."

몬티는 단호하게 말했다.

"물론 전쟁이 터지지 않으면 그것 이상으로 좋은 일이 없겠죠. 하지만 만약 정말로 전쟁이 터진다면— 저는 그 전쟁이 대단히 크나큰 전쟁이 될 거라고 확신하고 있습니다."

단순히 한슬로 진이 꾸준히 근심 걱정하며 이에 관한 예언을 밥먹듯 해 왔기 때문만은 아니었다.

몬티는 진지하게 〈영원한 49일의 세계〉가 터트린 반독 감정에 대해 설명했다.

"저는 그 '반독 감정'이 하루 이틀 쌓인 게 아니라고 봅니다."

〈영원한 49일〉은 단순한 물 한 방울일 뿐.

영국인들은 독일인들이 진심으로 사고뭉치들이라고 여기고 있고, 당연히 여기에 대해 적당한(임의) 참교육을 해야 한다고 믿고 있다.

그렇다면, 독일인들은 다를까?

"국가의 자존심이 걸린 문제입니다. 그리고…… 그런 예시를, 우리는 이미 신대륙에서 보았죠."

"남북 전쟁……."

던세이니 남작은 잠시 신음성을 흘렸다.

무려 4년을 끈 대전쟁.

그 역사가 유럽에서 반복될 경우, 확실히 영국은 그 이상의 예산과 자원과 인력을 투입해야 할 것이다.

그리고—.

"저는 그것을 기회로 삼아야 한다고 봅니다."

"……무슨 말이냐."

"피 값."

소름 끼치는 단어다.

그리고 더욱 소름 끼치게도, 에드워드 플런켓은 그 단어가 기이할 정도로 고요하다고 생각했다.

"그 무엇도 놓기 싫어하는 저희 대영 제국이, 식민지를 놓아줄 명분이 필요합니다."

"……식민제국의 해체를 원하는 거냐?"

"언제나 그랬습니다."

도와주십시오.

루이스 몬태규 밀러는 손을 내밀었다.

단순히 선후배이자 정치적 동지가 아닌, 아일랜드의 대표에게 영국의 대표가 내미는 손이었고.

"좋다."

아일랜드는, 그 손을 붙잡아 보기로 했다.

* * *

"어휴…… 지친다, 지쳐."

넥타이를 풀고 정장을 대충 어깨에 걸친 몬티가 소파에 털썩 주저앉았다.

그 모습을 본 매지는 '저런 머저리가 우리 집 장남이라니'라는 표정으로 말했다.

"저런 머저리가 우리 집 장남이라니."

"아, 왜 또! 나 요즘 진짜 열심히 일했다. 좀 봐줘."

그 말 자체는 진실이었다. 해군장관이 된 이후 버킹엄 궁전과 자유당 당사, 한슬로 진의 집필실, 그 외 기타 등등을 오가는 등 몬티의 격무는 날이 갈수록 심해지면 심해졌지, 결코 널널해지지 않았으니까.

하나 그럼에도 매지는 그런 것 따위 알 바임? 이라는 태도를 고수했다.

이것은 단순히 그녀가 몬티의 연년생 누나라는 태생적

상황에 기인하는 것만이 아니라······.

"그럼 니네 집에서 쉬라고, 니네 집에서! 왜 우리 회사에서 지랄이야!!"

〈웨스트민스터 리뷰〉의 신입 편집자에서 이제는 당당히 '편집장 매지 프래리 킴—밀러'라는 명패를 책상 위에 올릴 수 있게 되었던 매지.

그런 그녀가, 오직 자신만의 영역이라고 여겼던 장소가 저 건방진 남동생의 더러운 흙발로 더럽혀지는 것을 참지 못한 맹수의 경계심에 가까웠다.

하지만 이제 정치 입문도 벌써 10년 차에 무려 2선에 빛나는 하원의원인 몬티 밀러는 어깨를 으쓱이며 그 맹수를 놀리듯, 혹은 달래듯 느긋하게 말할 수 있는 남자였다.

"아, 그래서 독점 인터뷰 실어 주잖아. 지금 런던 언론들이 주목하는 블루 칩! 미래의 총리! 몬티 밀러 와 단둘이 만나 인터뷰를 할 수 있는 이 기회. 그게 그렇게 흔한 줄 알아?"

"나라가 망조다, 망조야······."

그 말엔 미처 부정할 수가 없었던 매지는 그저 천장을 보며 중얼거렸다.

나는 대체 어쩌다 저 빌어먹을 남동생의 감언이설에 넘어가 버렸던 걸까.

그렇게 생각했던 매지는 고개를 저으며 말했다.

"그래서, 한슬이 말한 것처럼 전쟁은 날 것 같아?"
"글쎄, 아직 확정은 아니긴 한데……."
몬티는 떨떠름하게 답했다.
남매는 한슬로 진과 함께 자랐다.
당연히 '허버트 조지 웰스 작'으로 알려진 〈두 발의 총성〉이 그들과 함께 살아온 아시아인이 쓴 작품이라는 것도 알고 있었다.
그리고 그의 '예언'이 과연 진실일지 어떨지는 알지 못했으나, 최소한 〈두 발의 총성〉의 동물들이 무엇을 의미하는지는 대충은 알고 있었다.
'불곰 아나키스트들이 잿빛 수리 황태자 부부를 쏘아 맞히고, 잿빛 수리들이 불곰들에게 전쟁을 선포하자 같은 곰족인 북극곰들이 불곰들을 지키기 위해 참전. 잿빛 수리들을 돕기 위해 검독수리도 참전. 수리들을 싫어하던 서쪽의 수탉들과 사자들이 끼어들면서 전황이 구대륙 전체로 확대된다.'
여기서 곰은 당연히 슬라브족, 수리는 게르만족이다.
즉, 한슬로 진이 예측했던 전쟁의 시발점은 결국 러시아의 범슬라브주의와 독일의 범게르만주의의 충돌이라고 볼 수는 있겠으나.
"……근데, 지금 러시아는 딱히 그런 나라가 아니잖아?"
"나라 문 닫고 들어간 지 꽤 됐지."
러시아가 범슬라브주의를 주장하며 발칸 반도에 손을

뻗었고, 이를 영국은 '부동항을 노린다'고 오해하긴 했으나— 어디까지나 19세기 후반까지의 이야기.

지금의 러시아는 내부 개혁과 교육에 집중해 성공적으로 산업화를 이룩하고 있을지언정, 그런 팽창주의를 때려치운 지 오래다.

오히려 시베리아를 제대로 활용하는 쪽에 더욱 집중하고 있으니, 과연 소설 속대로 전쟁이 확전될 수나 있을까?

그리 고민하던 몬티는 어깨를 으쓱이며 고개를 젓고는 말했다.

"근데, 뭐…… 솔직히 말해서 발칸 반도란 땅이 워낙 지랄 같잖아? 그리스계, 튀르크계, 슬라브계, 게르만계…… 온갖 문화권과 인종들이 모여서 허구한 날 싸우는 게 그 동네니까."

"종교만도 최소 3개부터 시작하지…… 진짜 미쳐 돌아가는 동네이긴 해."

"뭐, 그러니까 그 동네에서 뭐가 터져도 이상할 게 없—."

"큰일입니다!"

그때였다.

문이 벌컥 열리고 그들에게 익숙하지만, 결코 이 런던에선 익숙하다고 보기 어려운 바위 같은 아시아인이 문을 열고 들어왔다.

"여보? 무슨 일이에요?"

지옥으로 걸어가는 계단 〈105〉

"급보를 들고 왔습니다. 아, 역시 아우님도 여기 있었군."

"예, 형님."

한슬로 진의 왼팔이자 매지의 남편인 김창수.

고개를 끄덕인 그가 손에 들고 있던 신문을 펼치며 이제는 유창해진 영어로 말했다.

"전쟁이 터졌습니다."

"예!?"

"뭐라고!?"

방금까지 말하던, 그 말도 안 되는 소리를.

"그리스와 발칸 동맹이 오스만 튀르크에 전쟁을 선포했고, 돌궐 황제…… 압뒬하미트 2세가 도움을 요청했습니다."

"아, 진짜."

이게 된다고?

둘은 어안이 벙벙한 채 있었으나, 그럼에도 몸은 곧추세웠다.

"바빠지겠네."

몬티는 투덜거리며 대충 걸쳤던 정장 외투를 다시 제대로 입은 뒤 밖으로 나갔다.

제발, 이것이 〈두 발의 총성〉이 예고하던— '세계 대전'의 서막이 아니기를 빌며.

* * *

시간을 잠시 돌려, 독일.

반독 감정으로 런던이 불타오르고 몬티 밀러가 이렇게 열심히 돌아다니고 있다는 사실을, 영국의 밖에서도 모를 리가 없었다.

"영—독 관계를 해치는 폭도들이 대사관을 위협하는데, 영국은 지금 무엇을 하고 있는가? 국제법에 따라 외교관들의 안전을 보장하라!!"

"밀러 해군장관은 어째서 불순한 전쟁 준비에만 여념이 없는가! 이는 영국이 세계의 평화를 위협하고 있다는 증거다!"

"우리 독일은 국제연맹이 제2차 헤이그 회담을 준수하지 않는 영국의 군비 확산을 방조하는 것에 깊은 유감을 표한다!!"

"……거, 양심은 뭐 라인강 밑바닥에 빠트리고 오셨습니까?"

일찍이 제2차 헤이그 회담 당시, 필사적으로 군비 제한을 걸고자 했던 영국에 열심히 겐세이를 놓았던 독일이 인제 와서 역으로 영국을 비난한다니.

아무리 국제연맹이 힘없는 허수아비 집합소요, 예수 그리스도 말씀이나 허망하기 그지없는 국제법 법조문만 읊어 대는 제2의 바티칸과 같은 상황이라고 해도, 외교 판은 외교 판이다.

명분 없는 억지까지 통하는 곳은 아니라는 뜻이다.

"그래서, 무시당했다고?"

"그러하옵니다. 황제 폐하."

"이런 뻔뻔스럽기 그지없는 것들이!!"

하지만 빌헬름 2세는 극한의 퉁퉁이 황제이자 내로남불의 화신이다.

자기가 지금까지 열심히 영국을 긁고, 알프레트 폰 티르피츠(Alfred von Tirpitz) 제독을 기용해 눈앞의 베트만홀베크가 꾸준히 주장하던 해군 감축을 무시해 왔다는 것은 싹 무시한 채, 영국에 관한 섭섭함만을 한껏 쏟아낼 뿐이었다.

물론 베트만홀베크는 태연하게 무시했다.

이는 그가 빌헬름 2세에게 익숙하기 때문이 아니라, 황제에게 단 하나도 기대하지 않고 있기 때문이다.

'뭐? 브란덴부르크의 내 영지를 보리수로 꾸미겠다고? 관두게, 얼마 있지 않아 이곳은 러시아의 영토가 될 땅일세.'

눈앞의 팔 병신이 황제인 이상, 전쟁은 확정이다. 그리고 아마 철저히 지겠지.

'이 팔 병신이 군 통수권자인데 승리하면 그게 더 이상하지.'

비관주의는 최악을 대비하기 위한 정신 무장.

그것에 입각하여, 테오발트 폰 베트만홀베크는 철저히 리스크를 계산하고, 어떻게든 살아남을 수 있는 방법을 모색해 왔다.

그렇기에 이 까다로운 황제 밑에서 어떻게든 기어올라와 수상 자리까지 앉게 된 거다.

"……라는 걸세!! 듣고 있나, 테오발트!"

"아, 예."

그때 갑자기 들어오는 목소리.

전혀 듣고 있지 않았지만 테오발트는 그저 여느 때와 같이 음울하고 비관적으로 '시키니까 대답해 준다'라는 태도로 툭 내뱉을 뿐이었다.

빌로처럼 부추기면 오히려 더욱 불타오르겠지만, 이렇게 태연하니 오히려 무안해진다.

그런 기분이 든 빌헬름 2세는 헛기침을 하며 고개를 젓고는 말했다.

"아무튼! 이로써 영국이 우리에게 양보할 뜻이 없다는 것은 분명해졌군."

"예. 그거야 뭐……."

"그러니 어쩌겠나!! 나는 영국의 인정을 받고 싶지만, 영국이 아직도 우리의 힘을 깨닫지 못하고 우리를 세계 경영의 파트너로 믿을 수 없다고 하니, 우리의 힘을 보여주는 수밖에!!"

이 무슨 '사랑하는 사람의 뺨을 후려갈기면 그녀가 날

봐줄 거야!'라는 수준의 유치하고 야만적인 구애 방식일까?

하지만 베트만홀베크는 그저 묵묵히 고개를 끄덕였다.

어차피 상대는 팔 병신이다. '혹시 무슨 데이트 폭력범이세요?' 같은 말을 한다 한들 들어먹을 가능성이 0에 수렴한다.

차라리.

"하면, 역시 수에즈 운하를 위협하는 것이 제일이옵니다."

"호오, 수에즈라!!"

"그리스와 세르비아, 그리고 불가리아가 고토(古土)의 회복을 원하고 있사옵니다."

그리스는 문명의 시발점이나 다름없는 크레타섬을.

세르비아는 보스니아와 알바니아, 그리고 달마티아를 확보해 아드리아해로 진출하는 것을.

불가리아는 마케도니아와 트라키아를— 더 멀리는 차리그라드(콘스탄티니예, 지금의 이스탄불)까지 가시권에 넣고 있었으니.

그야말로 유럽의 병자, 늙어 빠진 사자 오스만 튀르크의 몸에 꼬여 든 파리들과 같았다.

"그들을 지원하는 대신, 크레타를 비롯한 동지중해에 함대를 배치함이 어떠할는지요."

"흐음. 그거 괜찮긴 한데…… 그리스는 그렇다 치고,

세르비아와 불가리아는 슬라브 족속들 아닌가. 게르만의 황제인 내가 그 노예 민족을 도우라고?"

그럼 뭐 어쩌란 건가.

비관주의를 관철하기에 모든 상황에 태연할 수 있었던 남자, 베트만홀베크조차 순간적으로 그런 생각이 들 정도로 어이없는 답이었다.

'아냐, 그럴 수도 있지.'

그도 그럴 게 단것만 먹고 쓴 건 내뱉고 싶어 하는 팔 병신 아닌가.

그러니 이런 팔 병신 같은 소리를 할 수도 있지. 팔 병신이니까.

그렇게 비관주의를 관철해 마인드 컨트롤에 성공한 베트만홀베크는 천천히 숨을 고르며 말했다.

"불가리아와 세르비아를 돕는 것이 내키지 않으시오면, 그리스에 한하여 지원을 주시면 어떠할는지요. 물론, 한 나라에서 소화하기에 어려운 양을 주시면 그들이 알아서 동맹에 분배할 것이고—."

"튀르크를 쫓아 보낸 뒤, 슬라브족들을 정복할 수도 있겠군! 훌륭한 비책이로다, 베트만홀베크!!"

껄껄 웃으며 이를 승인하는 빌헬름 2세의 모습에 베트만홀베크는 천천히 고개를 숙이면서도 생각했다.

'이걸로 당분간 시간은 벌었나.'

어차피 빌헬름 2세가 미쳐 날뛰는 이상 영국에 계속 잽을 날리는 것은 막을 수 없다.

그렇다면 그가 할 일은 철저히 영국에 들어가는 잽이 비껴가거나— 아니면 맞더라도 최소한의 깽값으로 끝낼 수 있는 수준으로 끝내는 것뿐.

'어차피 그리스가 영국을 배신하고 우리 독일에 붙는 것은 불가능하다.'

'오스만 튀르크가 아무리 친영 정책을 펼친다 해도 영국이 그리스와 오스만 중 오스만을 택할 이유는 없다.'

'합리적으로 생각해도 중립이 최선. 영국이 바보가 아닌 이상, 무지한 대중들이 고작 소설 하나 보고 불탄다고 전쟁을 할 리는 없을 것이다.'

다시 말하지만, 비관주의는 최악을 대비하기 위한 정신 무장.

그 밑바닥에는 그가 아는 이치를 가늠하기 위한 합리주의가 들어 있었다.

그러나.

"독일은 또다시 그리스에 침을 발라, 전쟁을 꿈꾸고 있소!! 이 검은 야욕을 깨트릴 수 있는 나라는 오직 하나, 귀국 영국뿐이오!!"

그 합리주의 또한 결국 19세기까지의 합리일 뿐.

그도 결국 지옥으로 걸어가는 계단을 또 한 번 내려갔을 뿐이었다.

세계대전, 개전

 당연한 이야기지만 이제 갓 독립하고 국제무대에 데뷔한 발칸 동맹이라고 해서 바보는 절대 아니었다.
 "저희는 영국과 싸울 생각이 전혀 없습니다."
 "저희는 그저 민족의 고토를 회복하고, 사악한 이교도들에게 지배당했던 굴욕을 풀고 싶을 뿐입니다!"
 "애초에 인제 와서 우릴 막는 이유가 뭡니까? 그리스의 독립에 가장 큰 도움을 주셨던 분들은 다름 아닌 당신들, 영국인들 아닙니까? '모든 유럽인은 그리스인'이라고 해주셨던 바이런의 후손들은 어디에 있습니까!"
 "……쓰으으읍. 틀린 얘긴 아니긴 한데."
 영국의 입장에서는 난처할 수밖에 없었다.
 아니, 솔직히 아무리 지금은 답이 없는 약소국이라곤

하지만 그래도 그리스다.

유럽 문명의 발상지나 다름없는 곳에서, '영국의 헌신 덕에 독립했다'고 하면서 제우스 신전 근처에 세워 뒀던 '바이런을 안은 아테나 여신상'의 레플리카를 가져와 보여 주는 데 뽕이 안 차면 그게 이상하다.

"아니 아니, 현혹되면 아니 되오!"

상황이 이렇게 되니, 제일 급한 것은 다름 아닌 전격 은퇴 선언을 했던 오스만 제국의 황제 압뒬하미트 2세였다.

암살자 없는 영국에서 유유히 돌아다니며 현지 오페라를 즐기거나, 사교계를 종횡무진하거나, 작가 연맹에 출석하여 덕질을 하던 황제는 외교 전선에 뛰어들어 영국의 중재를 청했다.

"지금 저들이 크레타를 완전히 집어삼키면 독일 군함을 들이밀 거라는데, 그걸 지금 받겠다는 거요!? 수에즈를 지켜야지!!"

"그, 그건 그렇긴 합니다만."

"내가 저들을 막아 달라는 말은 하지 않소. 하지만 적어도 중재는 해 줄 수 있지 않소? 최소한 독일 빼고, 이탈리아 빼고, 우리 오스만과 발칸 반란 분자들과만 싸우게 해 주시오! 그거면 되오!!"

그 정도라면 우리 오스만 제국도 이길 수 있지 않을까?

압뒬하미트 2세는 그렇게 생각했다.

그가 쿠데타군을 '있었다가 없어진 것'으로 만들어 버리긴 했지만, 그래도 직접 키운 마케도니아 방면군을 비롯한 군세는 남아 있을 것이란 판단이었다.

그리고 그 예상은, 어느 정도는 맞는 말이었다.

"그리스와 불가리아 군세의 기세가 강하니 무시하고, 세르비아와 몬테네그로 반란군을 위주로 각개 격파한다. 절대 정면충돌하지 말고 산맥에 의지해 게릴라전을 편다."

"예, 참모장님!!"

무스타파 케말(Mustafa Kemal).

동기인 이스마일 엔베르가 참여했던 쿠데타 중에는 리비아에 있었던 덕에 휘말리지 않았으며, 오히려 아흐메트 니야지 대위를 비롯한 상관들이 줄줄이 날아간 덕에 원 역사보다 더 빠른 진급을 할 수 있었던, 이탈리아 전쟁의 영웅.

그 덕에 본래라면 패배했어야 할 불가리아군의 명장, 게오르기 토도로프(Georgi Todorov)를 직접 만나지 않고, 전쟁의 주도권을 쥐어 일진일퇴의 공방을 벌일 수 있었다.

"거 보시오. 독일 물자 빼면 우리도 할 수 있다니까?!"

"으, 으음. 그렇군요."

"하하하! 정말 고맙소. 영국이 아니었다면 우린 독일의 군홧발에 진작에 밟혔겠지!!"

"하, 하하. 물론 영국은 오스만의 좋은 친구입지요. 하지만 아무것도 안 했는데 그런 치사를 들으니 부끄럽군요."

"아니 아니, 영국이 얼마나 고생했는지는 내 아오."

"아뇨 아뇨, 저희야말로 황제 폐하께서……."

물론 영국은 둘 사이에 껴서 아무것도 안 했다.

하지만 이렇게 서로 책임을 돌리고 상황이 조금이라도 나빠졌을 때 '너희도 같이하지 않았느냐'라며 끌고 갈 수 있는 법이다.

그렇게 오스만과 대영 제국은 다시금 화기애애하게 미래를 기대할 수 있게 되었지만.

"이, 이 머저리 같은 그리스 놈들!! 짐이 그렇게 지원해 줬는데도 고작 이게 전부란 말인가!!"

"송구하옵니다. 폐하."

독일의 수상, 베트만홀베크는 전혀 송구하지 않다는 표정으로 말했다. 오히려 그의 표정에는 기쁨마저 엿보였다.

'과연 영국이군.'

자기 목줄이 위협받고 있는 상황임에도 '유럽의 병자'를 믿고 마지막까지 인내하다니…… 과연 세계 패권을 쥔 나라의 관록이 엿보이지 않는가.

물론 이는 어디까지나 여자 친구(오스만)와 소꿉친구(그리스)가 완전 수라장인 상황에서 결단을 내리지 못한 일본산하렘라이트노벨난청주인공 같은 우유부단함에 지나지 않았지만, 어쨌든 결과는 좋으니 아무튼 존버다.

그리고 이 계획 최후의 결단.

"폐하의 은덕을 입은 몸으로 제대로 된 계책을 내놓지 못했으니, 소신의 부족함을 통감하였나이다. 부디 걸해(乞骸)의 청을 받아들여 주소서."

"아니 아니, 무슨 말인가! 은퇴라니. 자네의 계책은 훌륭했네! 단지 저 그리스인들이 문명의 요람이던 시절을 잊고 튀르크인들의 악덕에 너무 물든 탓이겠지!!"

'제기랄.'

회피 기동에 실패한 베트만홀베크가 혀를 찼다. 차라리 이쯤에서 물러난다면 속이라도 편할 텐데.

"그런 말을 하다니 아무래도 자네도 나이가 든 모양이군. 오늘은 이만 퇴청하게! 나도 오늘은 슬슬 쉬어야겠으니."

"송구하옵니다. 폐하."

다음에 또 기회가 있겠지. 없으면 만들면 그만이다.

그렇게 생각한 베트만홀베크는 읍하며 물러났다. 그러자 혼자 남은 응접실에서 빌헬름 2세는 한숨을 탁 쉬며 고개를 저었다.

"후우! 어렵도다, 어려워! 세계에 우뚝 선 독일을 다스리는 일이 이토록 어렵도다."

그러면 차라리 동생이나 아들에게 양위해 주면 될 것을.

세계대전, 개전 〈119〉

그 중얼거림을 들은 대부분의 황실 시종들이 동시에 그런 생각을 했지만, 절대 입 밖에 꺼내지 않았다. 그들도 목숨은 아까웠으니까.

"후, 나무를 패기엔 이미 늦었고…… 책이나 가져오거라!"

"예, 폐하."

시종들이 가져온 것은 최신 소설인 〈오페라의 유령(The Phantom of the Opera)〉, 〈새로운 마키아벨리(The New Machiavelli)〉 등도 있었지만, 〈셜록 홈스〉나 〈던브링어〉처럼 빌헬름이 몇 번이고 다시 읽는 소설들도 다수 있었다.

그리고 오늘 빌헬름 2세가 마음이 닿는 것은 후자 쪽이었으며, 그중에서도…….

"……흐음."

〈행성 전쟁〉.

그에게 수많은 영감을 준, 그가 영국인을 좋아할 수밖에 없게 만드는 명저 중 하나이며, 동시에 미래에서 온 누군가가 현대인들에게 경고하기 위해 어느 정도 미래의 일을 섞어 놓은 책이었다.

오랜만에 처음부터 그 책을 펼친 빌헬름 2세는 문득 어느 방면에서 눈이 멈추고.

"……허! 그래, 그렇군! 이 방법이 있었구나!!"

껄껄 웃으며 속히 시종을 불러들였다.

역시, 소설은 마음의 양식이구나—하면서.

* * *

프랑스, 파리.
"실례하겠습니다. 외무장관님. 무례를 용서해 주십시오."
"무슨 일이시오, 이즈볼스키 대사."
프랑스 외무장관, 쥐스탱 드 셀베스(Justin de Selves)는 눈살을 찌푸리며, 뜬금없이 찾아온 손님을 바라보았다.

이에 주프랑스 러시아 대사, 이즈볼스키는 황급히 말했다.
"본국에서 무시할 수 없는 첩보가 전해져, 회담을 요청드렸습니다."
"대체 무슨 일이오. 독일이 러시아를 침공하기라도 했단 말이오?"
"비슷합니다."
"……허?"
이즈볼스키 대사는 더 말하지 않고 종이 두 장을 내밀었다.
하나는 당연히 암호문이었고, 또 하나는 이를 해독한 프랑스어였다.

"단도직입적으로 말씀드리면, 독일이 그리스를 지원하여 오스만 튀르크에 선전 포고를 준비 중이라고 합니다."

"그거야, 뭐…… 외교가에서 전부 시간문제로 점치고 있는 문제 아니오."

"그야 그렇습니다만, 이게…… 상당히, 하. 저도 어이가 없습니다."

그래서 직접 보라는 이즈볼스키의 말에 셀베스 외무장관은 한숨을 쉬면서 직접 그 해석본을 읊었다.

글을 찬찬히 읊어 낸 뒤, 그는 이즈볼스키가 말한 것처럼 무척이나 어이없다는 표정으로 이즈볼스키에게 물었다.

"……그대는 이것을 진짜로 믿는 거요?"

"솔직히, 아닙니다. 말씀드렸다시피…… 너무 어이없는 내용이 아닙니까?"

'오스만 튀르크를 공격하려 하니, 크림반도의 길을 비켜 주길 바란다'라니…….

일반적인 상식으로는 도저히 이걸? 이란 생각밖에 들지 않는다.

오스트리아―헝가리는 이 작전 계획을 승인했나? 아니, 크림반도까지 건너오려면 그것만으로는 부족할 텐데?

그보다 크림반도에서 시노프(Sinop, 아나톨리아 반도 북부의 항구도시)에 상륙작전을 펼칠 때까지 흑해를 가로지를 배는 또 어디서 구하고? 에게해에서 넘어오나?

오스만 튀르크가 장악한 보스포루스 해협과 다르다넬스 해협은 어떻게 넘고?

"……아무리 봐도 허황된 계획이오."

"저도 그렇게 생각합니다. 하지만…… 상대가 '그' 빌헬름 2세 아닙니까."

"아."

그 미치광이라면 정말 이걸 생각할 만하지.

셀베스 외무장관은 깊은 한숨을 쉬며 고개를 저었다.

"즉, 러시아에서는 이걸 핑계로 빌헬름 2세가 선전 포고를 해 오지는 않을까 걱정하는 게로구려."

"그렇습니다. 게다가 아시다시피 저희 러시아는 지금……."

"내부 개혁에 힘을 쓰느라 제대로 군대를 기르지 못했지. 이해하오."

셀베스 외무장관이 굳세게 고개를 끄덕이며 말했다.

"이미 우리 두 나라는 20년을 함께 한 동맹국 아닙니까. 우리가 영국을 믿겠소, 아니면 저 오스만을 믿겠소? 마음 푹 놓으시오. 게다가 독일에 대한 원수를 갚는 거라면 우리도 만만찮게 이를 갈고 있으니."

"정말, 정말 감사합니다!"

이즈볼스키 대사와 셀베스 외무장관이 서로의 손을 굳게 잡으며 우정을 확인했다.

물론, 이미 동맹이니 이를 재확인한 것에 지나지 않지

만 원래 이 바닥은 오늘 말과 내일 말이 다르고 밥 먹다가도 말이 바뀌는 외교 판이다.

몇 번이고 재확인하는 것이 그만큼 중요했다.

하지만…….

그런 이들조차, 이때까지는 이 약속이 어떻게 뒤집힐지 알지 못했다.

* * *

새벽 4시 30분.

손바닥보다 큰 반지름의 턴테이블 축음기를 내려다보던 신입 PD가 입을 쩍쩍 벌렸다.

그런 그의 뒤통수로 벼락같이 날아든 손찌검이 큰 소리를 냈다.

"아, 진짜. 국장님!"

"마, 누가 당직 설 때 그렇게 하품 쩍쩍하래?"

"지루한데 어떻게 합니까, 그럼…….'"

신입 PD는 입술을 삐죽 내밀며 말했다.

그 철없는 모습에 선배 PD, 과거에는 신문사 편집장이었던 남자는 허허로이 웃으면서 커피를 홀짝였다.

"참, 세상 많이 좋아졌다. 예전에 당직 설 땐 마, 오타 하나라도 더 잡으려고 눈이 벌게졌어야 했어."

그에 비해 축음기는 얼마나 편한가.

그냥 기계 장치 위에 레코드를 올려놓기만 하면 자동으로 소리가 동네방네 연결된 모든 라디오로 흘러 들어간다.

이 간편하고도 사람을 갈아 넣으면 얼마든지 24시간 방송을 틀어 놓을 수 있다는 사실에 주목한 많은 언론사들이 영국 ABC식 방송국 시스템을 도입했고, 그 결과 어엿한 편집장이었던 남자는 졸지에 때 이른 라디오 PD가 되어야 했던 거다.

물론, 사장도 양심이 있는지 이 '라디오'라는 신문물을 떠넘긴 라디오국 PD들의 월급을 올려 주긴 했지만, 그래도 이 빌어먹을 기계를 배우기 위해 머리가 **빠졌던** 것을 생각하면—.

그때였다. 문이 벌컥 열리고, 새까만 군복을 입은 콧수염 노인이 들이닥쳤다.

"〈흠, 이곳인가?〉"

"뭐, 뭐야? 누구……!"

"〈알 필요 없다.〉"

알아들을 수 없는 외국어에 PD들이 혼란스러워했다. 그 순간 노인의 등 뒤로 따라 들어오는 익숙한 제복의 군인들이 든 총에서 불길이 뿜어져 나왔다.

외마디 비명 하나 제대로 남기지 못한 채 두 PD는 그저 싸늘한 주검이 되었다.

그 모습을 바퀴벌레나 모기, 혹은 그와 비슷한 무언가처럼 바라보았던 노장군은 잠시 방을 두리번거리더니 말했다.

"〈자, 옷은 빨리 갈아들 입히고…… 음, 이건가?〉"

저 마이크를 통하면 그 코리아 왕자처럼 내 목소리를 전달할 수 있다라…….

세상 참 많이 좋아졌다는 생각을 하며 노장군— 카를 폰 뷜로(Karl von Bülow)는 천천히 읊었다.

—……따라서 우리 프랑스 제3공화국은 평화를 위협하는 독일 제국의 야욕에 맞서 전쟁을 선포한다.

"〈자, 뜨지.〉"
"〈예. 장군님.〉"

잠시 후 그 자리에는 더 이상 방송국 PD 둘이 아닌, 군복을 입은 두 시체만이 남겨지게 되었다.

서유럽, 프랑스의 중공업 도시 벨포르(Belfort).

할머니가 돌아가셨다.

* * *

쾅!!
"폐하, 이게 지금 무슨 개짓거리입니까!!"
"아, 수상. 어서 오시게."

독일 제국의 수상, 테오발트 폰 베트만홀베크가 비관

속 합리를 전부 때려치우고 달려들었다.

이미 회의실에는 수많은 군사 귀족들이 앉아 있었지만, 그는 그들을 깡그리 무시하며 상석에 앉은 빌헬름 2세 앞으로 나아갔다.

"즉시 전쟁을 중단하십시오, 폐하!!"

"그럴 수 없소이다. 수상."

그렇게 말한 것은 다름 아닌 참모총장인 소 몰트케(Helmuth von Moltke)였다.

베트만홀베크는 핏발 선 눈으로 그를 노려보았지만, 몰트케는 깊은 한숨을 쉬며 고개를 저었다.

"이미 '계획'이 실행되었소. 지금 여기서 멈추면 최소한 달 동안 우리 독일군은 아무것도 못 하오."

"아무것도 못 해도 되잖습니까!! 그걸로 평화를 살 수 있다면!!"

"먼저 선전 포고한 것은 프랑스요. 우리가 아니라."

베트만홀베크는 초인적인 인내력으로 목구멍 6부 능선까지 차오른 '개소리 집어치워'라는 말을 참아 냈다.

그는 이미 이 모든 일의 전말을 전해 들었으니까.

"이미 전쟁은 시작되었소. 간악한 프랑스인들의 술수에 의해서. 그러니 우리는…… 최대한 빨리, 파리를 점거하여 이 전쟁을 끝내야겠지."

그래서 이 지랄을 시작한 자가 다름 아닌, 눈앞에서 자신의 눈을 피하며 어떻게든 변명을 주워섬기는 이 팔 병신 황제라는 것을 당연히 알 수 있었다.

'내 실수다.'

황제가 이렇게까지 병신이라는 것을 눈치채야 했다.

설마하니 소설 속 미치광이 독재자나 할법한 '선전 포고 자작극'을 벌인다고?

―"침략자들에게 인류를 팔아넘긴 배신자들! 그들이 마침내 그 더러운 이빨로 우리의 신성한 고향을 짓밟으리라 선언했습니다!!"

―"이제, 우리는 침묵하지 않을 것입니다. 외행성의 배신자들은 우리의 운명을 저버렸습니다. 그들은 달을 점령하고, 우리의 고향 지구에 전쟁을 선포했습니다! 이는 우리 모두에 대한 도전입니다. 우리는 이 도전을 결코 좌시하지 않을 것입니다!"

―"우리는 승리할 것입니다. 그리고 그 승리는 인류의 새로운 시작을 의미할 것입니다. 외행성의 배신자들은 그들 자신의 불씨로 멸망할 것입니다. 이 전쟁은 정의의 전쟁입니다! 나, 소델프 아다크가 우리의 제일 앞에서! 우리의 미래를 지키기 위해 싸울 것입니다!"

―"지구를 위해! 인류를 위해! 우리는 승리할 것입니다!"

하지만 결국 그 소델프 아다크가 어떻게 되었는가.

자신만만하게 화성 콜로니들을 점령한 것까진 좋았지만, 결국 목성 궤도 전선에서 자유 행성 연합의 반격에 돈좌되었으며, 최고의 심복이라 불리던 루스탐 랜들러는 탈영에 내행성 식민지들의 반란에까지 직면하면서 결국 패배하지 않았는가.

주군, 빌헬름 2세가 그 뒤를 따라가는 것을 방치해야 하는가.

40년 전 비스마르크가 피땀을 흘려 가며 완성한 독일인들의 나라가, 지구 제국처럼 전화에 휩싸여 폐허가 되는 것을 그저 바라만 보아야 하는가?

'차라리.'

도망쳐 버릴까.

선임 베른하르트 폰 뷜로가 그랬던 것처럼 어딘가로.

그러나—

'아무리 무능하고 사악하더라도 호엔촐레른의 적법한 후계자다.'

그가 도저히 19세기까지의 합리주의를 포기할 수 없었듯, 동시에 19세기까지의 독일 제국 또한 포기할 수 없었다.

비스마르크가 조각조각 난 독일 연방을 다시 한 나라로 꿰맨 지 어언 40년. 호엔촐레른이 아닌 황제는 물론, 제국이 아닌 독일조차 생각만 해도 몸에 두드러기가 날 지경이니.

"……후우."

최소한 이제까지처럼 피해를 최소화할 수 있도록 노력이라도 해 봐야겠지.

그가 아니면 이 팔 병신 황제도, 전공에 눈이 먼 융커들도 미쳐 날뛸 수밖에 없을 테니.

"그렇다면, 지금 전황이 어떻게 돌아가고 있는 지라도 설명해 주십시오."

"으, 으음."

"폐하, 저는 독일 제국의 수상입니다. 의회와 정부를 대표해, 전쟁이 어떻게 돌아가는지는 알아야 합니다."

"……흐, 흐흠! 좋소! 대신, 승리를 위해 조언을 아끼지 말아야 할 것이오!"

"물론입니다."

물론 승리할 수 있을지 어떨지도 알 수 없지만. 어쨌든 사람은 살려야 하지 않겠는가.

지옥으로 걸어가는 기분으로, 베트만홀베크는 자리에 앉으며 그렇게 생각했다.

물론.

"일단, 우리는 과거 슐리펜 장군이 작성했던 계획에 따라 벨기에로 진입하여—."

"……벨기에는 중립국입니다만."

"그건 알고 있소만, 뭔가 문제라도?"

"……."

나라를 위해, 당장 이 새끼들 멱부터 따야 하는 게 아닐까?

그런 생각이 자꾸 드는 것도 어쩔 수 없는 일이었다.

* * *

슐리펜 계획.

유럽 제1의 육군 대국 프랑스를 '엘랑'으로 만들어 버린 희대의 작전.

물론 이 시대에 그 유명한 마지노선은 없다. 하지만 이를 대신하는 알자스—로렌 탈환 겸 방어 작전.

즉, 제17 계획(Plan XVII)이 있었다.

이른바 '크림 반도를 비켜 달라'는 서한이 비밀리에 전달된 이후에 더욱 구체화된 이 계획을 간단히 말하면 이러했다.

1. 독일이 러시아에 전쟁을 선포한다.
2. 우리 군이 알자스—로렌으로 돌격한다.
3. 실지를 탈환한다.
4. ??
5. PROFIT!!

이 이상의 자세한 설명은 생략한다.

사실 이 이상도 없는 단순 무식하기 그지없는 일 방향 전략이었다.

"이딴 걸 계획이라고 냈습니까? 야, 군바리 새끼들아! 니들 월급 받기 싫지? 드레퓌스 풀어 주고 나니까 막, 살기가 싫냐? 엉!?"

"들컸…… 아니, 그런 건 절대 아니고 이야기 좀 들어 보세요."

하지만 프랑스 전쟁부도 나름 할 말은 있었다.

"근본적으로 독일군이 쳐들어온다면 우리 아니면 러시아 아닙니까?"

"그래서?"

"그리고 만약 독일이 쳐들어온다면 뭐, 어디로 들어오겠습니까? 결국 알자스—로렌 아니면 벨기에뿐인데, 벨기에는 중립국 아닙니까!!"

즉, 애초에 들어올 곳이 그곳밖에 없으니 그 한 곳만 제대로 틀어막으면 된다는 뜻이다.

아직 전차도 제대로 개발되지 않은 이 시대. 공격용 병력은 곧 수비용 병력으로도 전환할 수 있으니까.

"……벨기에로 들어오면?"

"그럼, 일이 더 쉽죠. 알자스—로렌 방면의 크라우트 놈들이 빠져나왔다는 뜻 아닙니까? 우회로가 왜 우회로 겠습니까. 더 시간이 걸릴 테니, 그사이 우리는 알자스—로렌을 더 쉽게 탈환하고 라인강을 건너 독일 본토로 진

군해 베를린을 먹으면 됩니다!"

"쓥, 그럴듯하긴 한데."

"아, 좀 믿어 주십쇼! 단순한 만큼 더 강력하지 않겠습니까!"

아주 틀린 말은 아니었다.

힘의 차이가 명백하다면 단순한 것이 더 강력한 법이니까.

그리고 이들의 착각은 더욱 현실적으로 변했다.

"뭐?! 벨포르에서 우리가 선전 포고를 했어?!"

"개소리가 분명하잖아!! 우리가 왜 먼저 쳐들어가? 독일 놈들도 아니고!!"

"탄피 조사 결과, 벨포르 라디오 방송국에서 발견된 탄피는 7.92mm의 마우저(Mauser) 탄의 탄피였습니다. 우리 프랑스군이 사용하는 8mm 르벨탄의 탄피와는 전혀 다릅니다! 독일 놈들의 짓거리입니다!!"

"하필 벨포르, 벨포르라……."

프랑스 정부에는 프랑스 전국 지도가 펼쳐졌다. 실지(失地), 알자스—로렌을 뺏기고 새로 그어진 국경 바로 앞에 세워진 국경도시 옆에 벨포르라는 글자가 보였다.

즉, 그렇다면.

"독일 놈들이 알자스—로렌을 통해 넘어오려는 수작질이 분명합니다! 즉각 제17 계획을 발동시켜야 합니다!!"

"……좋소! 전군을 즉각 알자스—로렌으로 급파하시오!!"

그렇게 프랑스는 낚였다.
그리고 그 대가는 '6주'였다.

* * *

〈독일 황제, 벨기에를 침공하다!〉
〈프랑스 육군이 알자스에서 좌초!〉
〈러시아, 독일에 정의와 응징의 선전 포고!〉
〈아무것도 못 하는 국제연맹…… 존재의 의미는?〉
〈우드로 윌슨 당선! 15년 만의 정권 교체 성공!!〉

"기어코 전쟁이 터져 버렸네. 미친."
나는 혀를 내두르며 말했다.
아니, 러일전쟁도 없어졌고 한일 합방도 안 터졌고, 타이타닉은 배 띄우기도 전에 대대적 개보수부터 들어갔는데 왜 세계 1차 대전은 더 일찍 터진 거냐?
진짜 독일은 세계대전을 일으키지 않으면 경기가 일어나는 민족인가?
"한슬, 그러면."
"응."
나는 고개를 끄덕이며 로웨나에게 말했다.
"프로젝트 빠삐용 실행 명령 내려. 최대한 빨리."
"예, 알겠어요."

프로젝트 빠삐용.

간단히 말하면, 전 유럽에 걸친 〈앨리스와 피터〉 재단의 인맥과 독일에서 릴리엔탈 씨가 운영 중인 라이트 브라더스 사 독일지부 등을 이용한— 간단히 말하면 '탈출' 프로젝트다.

뢴트겐 박사님, 헤르만 헤세, 프란츠 카프카, 알폰스 무하 남매 등등.

프랑스나 독일 쪽에서 전쟁의 참화에 휘말릴 것 같은 작가나 직원들, 그리고 나와 직간접적으로 인연을 맺은 유럽 본토의 사람들.

전쟁이 터지는 즉시, 그들을 대피시켜 영국이나 미국, 아니면 호주쯤으로 잠시 도피시켜 주자는 계획이지.

어원은 80년 뒤의 어느 한국을 너무 사랑하는 프랑스 작가다. 중학교 때 봤을 땐 나름 센세이셔널했다고.

뭐, 일단 내가 아는 사람 중에 실제 세계 1차 대전에서 전사한 사람은 없다지만, 그래도 사람이 무슨 일이 터질 줄 어떻게 아는가?

당장 이번에 빌곶제 이 양반, 프랑스 소도시에서 '먼저 전쟁을 선포했다'라는 이유로 전쟁을 터트렸더라고? 왜 할머니가 30년이나 일찍 돌아가시는 건데!?

"김창수, 이승만, 그리고 의친왕 전하께도 연락을 넣어서 상황 쭉 봐봐. 일본이 그냥 있을 리도 없고, 전쟁이 빨리 끝나려면 무조건 미국이—."

"한슬!! 나 어떻게 해!?"

그때였다. 문을 벌컥 열고 달려든 몬티가 눈에 보였다.

이놈아, 내가 오히려 묻고 싶다.

"야, 머리꼬리 자르고 그렇게 말하면 내가 어떻게 알아? 니가 해군장관이지, 내가 해군장관이냐?"

"어? 어, 뭐. 그건 그렇지."

"그래서, 이제 뭐 해야 하는데."

"어, 일단 초동 대처만 좀 해 뒀어."

몬티의 초동 대처는 간단했다.

"일단 긴급 경보 발령하고 프랑스, 독일 쪽에 가 있는 영국 기업과 시민들 전부 복귀 명령 내렸어. 북해, 동아시아, 동남아시아 함대는 각각 오크니섬, 홍콩, 싱가포르에 집결시켰고."

"잘했네. 그리고?"

"해군 소속의 공병단한테 명령해서 독일의 해저 통신 케이블을 차단했고, 설사 못하더라도 최대한 절단해서 정보 수집을 방해하라고 해 뒀고."

"……그리고?"

"러시아 함대랑 공조해서 북해랑 동해의 라인 선 봉쇄 구역 지정해 뒀어. 북해 그랜드 플릿(Grand Fleet) 함대가 스카파 플로(Scapa Flow : 스코틀랜드 오크니섬)에 집결하는 즉각 북해로 갈 거고, 동아시아 함대는 대만을 포위해서 독일과 일본을 해상 봉쇄할 거야."

"……."

"초동 대처는 대충 이 정도로 해 뒀고, 이제 어떻게 하면 돼?"

뭘 어떻게 하긴.

집에 가, 이 자식아. 이젠 네가 더 잘하네.

* * *

누차 말하지만, 세계 1차 대전에 대한 내 지식은 매우 모자라다.

내 얇고 넓은 지식은 철저히 언빌리버블과 인터넷 밈, 파라과이위키가 채워 준 거라니까? 진지하게 공부해 본 적은 단 한 번도 없다.

그러니 몬티가 '진짜 전쟁이 터졌는데 어떻게 하냐'고 해도 나는 할 말이 없었다.

아니, 내가 뭐 아는 게 있어야지. 오히려 몬티의 깔끔한 초동 대응만으로 감탄할 따름이다.

"혹시 뭐, 상황이 심각하거나 그런 거 있냐?"

"아, 맞아. 독일 놈들이 벨기에를 통과하고 있다는데, 육군 장관은 단순 조공(助攻) 정도로 판단하고 있어. 그 정도라면 프랑스가 잘 막겠지?"

그래, 그런 걸 말해 줘야지.

나는 담담하게 고개를 저으며 말했다.

"그거 못 막아."

"……응?"

몬티가 눈을 껌벅거렸다.

하긴, 단순 어시스트 정도라고 생각하고 있으면 막는다고 판단하는 게 정상이겠지.

하지만 유감스럽게도 걘 스트라이커다. 그것도 손흥민급.

"독일은 벨기에를 넘어서 북프랑스를 크게 휘어져 들어올 거야. 그걸로 파리를 포위하려 들 거고."

물론 내가 1차 대전 당시의 프랑스가 무슨 생각을 하고 있었는지는 잘 모른다.

하지만 그 엘랑스 놈들이 1차 대전이든 2차 대전이든 초기에 오지게 똥을 싼다는 것만큼은 너무나 잘 알고 있다. 괜히 개구리가 아니거든.

6주라니, 선조 시절 조선도 아니고 세계 최고의 육군이란 놈들이 40일 만에 수도를 따여?

하긴 그 절반 만에 한양을 함락당했어도 선조는 도망이라도 잘 쳤다.

그나마 다행인 건 1차에서는 중간에 어찌어찌 잘 막았다는 사실.

요컨대.

"육군 쪽에 전해. 독일의 주공은 벨기에 회전문이고, 북프랑스를 거쳐 올 거라고."

"……알겠어. 키치너 장군한테 전해 줄게. 그리고 해군 쪽은 뭐 없어?"

"해군?"

어디 보자, 독일 해군이 뭐 했더라? 킬 군항의 반란? 울펜슈타인? 아니, 그건 나치 해군이잖아. 그리고 또 뭐가 있더라…… 아!

"잠수함."

"응? 잠수함?"

"그래."

무제한 유보트(U—boot) 작전.

상선이고 군함이고 뭐고 안 가리고 다 가라앉히다가 오인사격을 해 버리는 바람에 독일이 미국을 참전시키는 원인이 되었다고 하는 그거 맞다.

물론 그거 이전에도 미국은 참전할 생각이었다고는 하지만.

아무튼 미국 상선을 가라앉힌 건 사실이고, 그 정도로 로열 네이비가 손을 못 썼다고 하지?

유저의 시간을 문명해 버리는 게임에서도 특수 병종으로 튀어나왔으니 성능은 알아줬을 것이다.

"하지만 아무리 독일 기술이 우리보다 우월하다지만, 그 정도의 잠수함을 운용할 기술이 될까?"

"몬티 몬티야, 아직도 멀었구나."

나는 혀를 차며 말했다.

몬티가 '자기보다 낫다고 할 때는 언제고…….'라고 불평을 늘어놓든 말든 나는 차분히 몬티에게 물었다.

"상식적으로 생각을 해 봐. 해상전력으로 독일이 영국을 이길 만하냐?"

"그건 아니지. 아무리 지금 독일 해군이 세계 2위라도 우리 영국 해군은 1위니까."

"그러면 독일 입장에서 잠수함만큼 확실하게 영국 함선들을 공격할 수단이 있어?"

"……없지."

"그래."

때때로 수요는 기술의 발전을 촉진시킬 수도 있다.

세계 1차 대전이라는 거대한 수요가 컴퓨터를 비롯한 기술들을 촉진시킨 것도 사실이고.

그러니 지금 상황에서 독일의 해군에게 '잠수함'이라는 선택지는 그 어느 것보다 확실한 무기가 될 수 있다.

한 번 완성해 놓으면 가성비도 개쩔 것이고. 오죽 쩔었으면 북괴 놈들까지 따라 했겠냐.

"그러면 그건 어떻게 막는데?"

"아, 그건 걱정 마."

나는 담담하게 말했다.

내가 군사 전문가가 아니라서 좀 늦게 떠오르긴 했지만, 그렇다고 해서 사람을 놓치진 않았다.

"테슬라 씨를 갈구면 대충 나올 거야."

"내가 무슨 램프의 요정인가!! 문지르면 대충 나오게!!"

이상하다…… 뭔가 옆방에 있었던 것처럼 그의 목소리가 들려.

"그야 옆방에 있었으니까! 네놈이 바라던 무선 무전기 다 만들었으니까 계약금 받으러 왔더니만, 이젠 또 뭐?! 잠수함을 탐지하는 기계?! 그건 또 어떻게 만들라는 거냐!?"

"아니, 좀 들어 봐요. 테슬라 씨."

나는 적당히 '반향정위(反響定位)의 원리로 바닷속에 음파를 쏘아 그 외형을 파악하는 기계'에 대한 썰을 풀었다.

21세기 한국인들이라면 미쿠미쿠하기로 더 유명한 이름, 소나(SONAR) 맞다.

처음에는 다소 발광했지만, 로웨나가 가져다준 수표에 1차, 그리고 내 이야기에 2차로 진정한 테슬라는 고개를 끄덕이며 말했다.

"과연, 그 정도라면 확실히 무전기를 살짝 손보는 걸로도 충분히 기초적인 시제품을 시작할 수 있겠군."

"그렇죠? 이번 것도 개발에 착수해 주시면 무전기 개발 때와 같은 금액의 투자금과 성과금을 드리겠습니다."

"제기랄."

날 돈으로 사려는 거냐? 라고 말하기엔 너무 많은 돈이라는 걸 아는지, 테슬라는 군말 없이 한숨을 탁 내쉬었다.

아, 그리고 무전기도 개발하셨다고 했지?

"잘됐네요. 여기 몬티가 이제 해군장관입니다. 몬티, 배랑 탱크에다가 무전기 설치할 수 있지?"

"아, 그러네. 함대 간에 수신호 같은 우회 수단이 아니라 아예 직접 통신해 버리면 더 명확한 전략 전술이 가능하겠어. 테슬라 씨, 일단 제품을 보고 싶은데요."

"그래그래, 형제가 아주 쌍으로 사람을 못 잡아먹어서 안달이군. 가세!!"

그렇게 몬티가 테슬라에게 끌려갔다.

아니, 몬티가 테슬라를 데려간 건가? 어느 쪽이든, 내 사무실이 조용해진 것은 사실이다.

"후우. 이제 좀 집중할 수 있겠네."

"한슬."

"아, 로웨나. 이제 다시 우리 회사 쪽—."

"그럴 시간이 없을 것 같아요."

"응?"

무슨 말이지?

나는 고개를 갸웃거렸다. 그리고 버킹엄 궁전에서 호출이 있었다는 말에 사색이 될 수밖에 없었다.

* * *

당연하지만.

갑작스럽기 그지없는 개전으로 사색이 된 나라는 영국

만이 아니었다.

"뭐?! 프랑스가 독일에 선전 포고해?!"

"아니, 그랬으면 지금 프랑스가 죽을 쑤겠냐? 듣기로 엘자스—로트링겐(알자스—로렌의 독일식 지명)에서 지지부진하다는데?"

"독일이 벨기에를 넘었다!! 중립국을 침략했어!!"

"프랑스는? 이대로 지는 수밖에 없나?"

관련이 있든 없든 모든 나라가 눈에 불을 켜고 상황을 주시할 수밖에 없는 빅 매치.

이에 대해 예전부터 편을 정한 나라들의 반응은 차라리 빨랐다.

"오스만 제국은 즉각 독일에 개전을 선포하겠소! 그러니 영국군은 즉각 발칸의 친독 반란군에 맞설 무장과 지원군을 제공해 주시오!!"

"독일이 프랑스를 침공했고, 영국이 독일을 막기 위해 움직이니 동아시아는 이제 무주공산이다!! 황국의 모든 해군은 즉각 사츠마로 집결하라!!"

"다들 진정 좀 하시오. 우리는 저 구대륙에서 무슨 일이 벌어지든 상관하지 않습니다. 그것이 먼로 독트린의 전통이 아니겠습니까?"

발칸의 뒤에 있는 독일을 용서하지 못해 참여한 오스만.

독일과의 동맹에 발맞춰 움직인 일본.

그리고 마지막으로 고립주의를 택하며 굿이나 보고 떡이나 먹겠다고 선언한 미국까지.

각자의 상황과 이해관계에 맞춰 빠르게 편을 정할 수 있었지만.

오히려 제일 지지부진했던 것은 다름 아닌 러시아 제국이었다.

"절대 안 됩니다."

"스톨리핀 장관."

"이대로 20년, 아니 10년만 지나면 우리 러시아는 몰라보게 달라질 수 있습니다! 독일이 우릴 침략할 생각이 없는 이상, 굳이 우리가 먼저 전쟁에 참여할 이유는 없습니다!!"

러시아의 신임 내무장관, 표트르 스톨리핀.

세르게이 비테의 농업개혁을 이어받아 위대한 러시아의 건설을 위해 열심히 달려온 그가 강경하게 말했다.

물론 비테와 스톨리핀, 두 치트키에 가까운 강경 개혁론자들이 힘을 받은 덕에 지금의 러시아는 어느 정도 근대화의 완성이 목전에 다다른 상태였다.

이제 통과된 토지개혁법이 성과를 내고, 자영농 중산층(쿨라크)의 숫자가 고작 러시아 인구의 12%밖에 되지 않았음에도 불구하고 전체 곡물 생산량의 50%를 차지할 정도로 생산량이 늘었다.

이대로 조금만 더 기다리면 러시아는 이제 더 이상 '아시아'라는 모욕을 당하지 않아도 될 것이오, 프랑스를 대신하는 유럽의 곡창지대이자 자원국으로서 그 입지를 다질 수 있을 것이다.

어쨌든 사람이 입에 빵은 넣고 살아야 하니까.

"아니, 그게 무슨 말인가 내무장관!! 지금 우리 러시아가 저 독일 침략자들에게 짓밟혀도 좋다 이 얘기인가?!"

하지만, 전쟁부 장관 블라디미르 수콤리노프(Vladimir Sukhomlinov)의 반응 역시 격렬했다.

앞으로 10년만 더 있으면 러시아의 개혁을 완성할 수 있다고 하지만, 그에 비해 크림 전쟁 이후 무려 50년! 2차 아편 전쟁이나 복서들의 난(의화단의 난) 같은 꼽사리로 주워 먹은 승리를 제외하면 제대로 된 승전도 없이 하루하루 까이기만 하던 제국군의 굴욕은!

'독일 놈들이라면 주공을 전부 프랑스로 돌렸을 테니 이번 전쟁은 쉬울 거야. 그 뒤통수만 치면 전공은……!'

그렇게 되면 저 아니꼬운 개혁론자들의 입을 다 처막아 버릴 수 있다.

그렇게 생각한 수콤리노프가 다시 입을 열기 직전, 외무장관 세르게이 사조노프(Sergey Sazonov)가 온건하게 말했다.

"외교적으로 봤을 때도, 지금 발을 빼면 우리 러시아의 이름이 땅에 떨어질 겁니다."

"외무장관."

"솔직히, 선택지가 없습니다."

사사롭게는 내무장관 스톨리핀의 처남이기도 하지만 그럼에도 사조노프는 할 말은 해야겠다는 듯 말했다.

"이미 그 독일의 말도 안 되는 제안서를 즉각 프랑스로 전달했고, 프랑스는 우리의 상호방위조약을 재확인해 줬습니다. 인제 와서 우리가 발을 뺄 수는 없습니다."

"그래서 지금 우리가 농사를 포기해야 한다는 게요?! 지금 때를 놓치면 또 언제 나라를 개혁할 수 있을지 모르는데!!"

"하, 농사야 내년에도 지을 수 있는 것! 고작 그런 것 때문에 우리 러시아군의 위대한……!"

"그만."

그때였다. 서늘하고 날카로운 목소리가 장관들의 언쟁을 멈추었다.

"어전일세."

총리, 레프 톨스토이.

오볼렌스키 가문과 함께 정국을 장악하여 총리로 자리 잡은 지도 오래였던 대문호의 안광이 서늘하게 빛났다.

"폐하, 어찌하시겠사옵니까."

"……으음."

니콜라이 2세는 신음성을 흘렸다.

이미 톨스토이와 이야기가 끝난 부분이었지만, 스스로 내뱉자니…… 여간 고역이 아니었다.

"……외무장관의 말이 옳소. 아무리 우리가 쇄국하고 있다 하더라도 이런 상황에서까지 발을 뺄 순 없소."

"폐하!!"

스톨리핀이 비명을 지르듯 소리쳤다.

단, 하고 니콜라이 2세는 고개를 저으며 말했다.

"내 사촌 아우, 니콜라이 대공(Grand Duke Nicholas Nikolaevich)에게 총사령관을 맡기되, 제1군만의 원정을 허락하겠소. 제2군은 오스트리아 방면을 수비하는 것으로 하며, 시베리아군은 옮기지 아니하오."

"아니, 그런 군세로 어찌 베를린을……."

수콤리노프가 불만스럽게 중얼거렸지만, 이내 톨스토이의 눈빛에 주눅 들어야 했다.

"독일과 오스트리아뿐이라면 모르겠으나, 일본 또한 준동할 위험이 있다고 하오. 그들이 기습적으로 침공하는 것을 막기 위해서는 조선 및 중화민국과 협력할 군세가 있어야지."

"그깟 황인종 야만인들보단 독일을 잡는 것이……."

"그만. 이것이 짐의 뜻이오."

그렇게 모두가 만족스럽고, 모두가 만족스럽지 않은 결론으로 러시아의 참전이 결정되었다.

그리고 장관들이 자리를 떠난 자리에서 총리 톨스토이가 별안간 거센 기침을 내뱉었다.

"쿨럭, 쿨럭!!"

"괜찮으신 게요?"

니콜라이 2세가 걱정스럽다는 듯 물었다.

방금까지 장관들을 휘어잡던 톨스토이는 그 냉엄한 모습이 거짓말 같은 미소로 씁쓸하게 말했다.

"송구하옵니다, 폐하. 나이는 속일 수가 없군요."

"그야 이미 여든은 훌쩍 넘기셨잖소. 늦기 전에 그레고리의 치료를 받아보라니까."

"맞아 죽는 한이 있어도 그 입만 산 놈의 치료는 못 받겠습니다."

톨스토이는 정색하며 말했다. 니콜라이 2세는 잠시 쓴웃음을 짓다가 그를 바라보았다.

"총리."

"예, 폐하."

"참으로 고맙소."

톨스토이가 눈을 크게 떴다.

"난데없이 그 어인 말씀이시옵니까."

"그저, 빌헬름이 저리 사고 치는 모습을 보니…… 짐도 저랬을 수도 있겠단 생각이 들더군."

과거의 자신은 제국의 문제는 알고 있지만 답은 알지 못했다.

신민에 관한 호의는 있었지만 구태여 나설 정도의 관심은 없었다.

그런 니콜라이 자신을 대신해 지난 15년간 인재를 등용하고 귀족들과의 문제를 중재하며, 궂은일을 도맡아 나라를 위해 힘쓴 이가 바로 톨스토이였으니.

"그러니 절대…… 죽지 말아주시오. 부디."

"허허."

톨스토이는 마른기침과 함께 고개를 끄덕였다.

"노력해 보겠나이다."

"그래야지."

어느 쪽도 지켜질 리 없다는 걸 아는 공허한 약속이었으나. 그렇기에 오히려 더더욱 가슴이 따뜻해지는 약속이었다.

* * *

빅토리아 여왕 시절, 영국은 진지하게 러시아를 '그레이트 게임'의 숙적이라고 보고 경계했다.

물론 '부동항'론은 영국의 착각에 불과했지만, 그런 생각을 하는 데는 나름 합리적인 이유도 있었다.

러시아의 팽창주의, 그리고 '범슬라브주의'의 세력권이 영국의 아랫배를 간지럽히기에 충분했기 때문이다.

그중에서도 특히 발칸 반도라고 하는 슬라브계 큰 스푼, 그리스계 한 스푼, 일리리아계(자칭) 반 스푼, 거기에 로마의 후예를 자칭하는 라틴계까지 한 스푼이 섞인 인종의 잡탕찌개 같은 문명의 교차로가 문제였다.

저곳에서도 그나마 다수라고 할 수 있는 이들이 바로 슬라브계였으니까.

물론 조별 과제는 언제나 파탄 난다는 진리 하에 슬라브계 사이에서도 보스니아인이니, 세르비아인이니, 불가리아인이니, 크로아티아인이니 하는 구분이 또 나뉘어서 개판에 개판의 연속이 되지만.

아무튼 범슬라브주의의 종주국인 러시아의 후광을 받아 '이 구역 담당일진은 나다!'를 주장하고 싶은 나라는 많았다는 얘기다.

즉.

"세르비아, 몬테네그로가 오스만과 휴전하고 독일과 오스트리아―헝가리에 전쟁을 선포했네. 불가리아는 러시아와는 불가침 조약을 맺었지만, 오스만과는 화해할 수 없다고 선언했고."

"그쪽도 굉장히 복잡하게 돌아가는군요."

"그리스는 더 복잡하지. 결국 독일에 제일 받아먹은 게 많은 나라니까. 그러니 오스만과 손을 잡는 것도 꺼림칙하겠지만, 독일과 적대하는 건 더 꺼림칙할 걸세."

"그렇군요. 그런데……."

나는 지도에서 시선을 들어 올려 며칠 사이에 대단히 초췌해진 조지 왕세자에게 물었다.

"제가 왜 이걸 듣고 있는 거죠?"

"그럼, 아무 일도 없이 지나갈 거라고 생각했나?"

넹.

아니, 그도 그럴 게 난 그냥 일개 작가라고? 이것저것 벌여 놓은 게 많다곤 하지만 자선과 사업은 그냥 취미에 불과하고, 실제로 몇몇 기업은 이미 분할하기도 했는데…… 대체 왜 지금 태스크포스처럼 불려 나와서 이러고 있는 거야?

그런 눈으로 항의하는 나에게, 조지 왕세자는 탁자 아래에서 너덜너덜해진 두 개의 책을 내밀었다.

〈우주 전쟁〉과 〈두 발의 총성〉.

보어전쟁이 끝나며 내가 쓴 그 책이 맞다.

"이런 예언을 해 놓고 가만히 풀어 달라고? 난 카산드라를 푸대접한 헥토르가 아닐세."

"아니, 다 틀렸잖아요, 이거."

오스트리아 황태자 부부는 안 죽었다. 두 발의 총성도 울리지 않았다.

아니, 울리긴 울렸나? 벨포르에서 울린 거지만.

"선전 포고 조작에 관한 건 기억이 안 나나? 그건 〈우주 전쟁〉에 나왔고."

거기서 그치지 않고 조지 왕세자는 팔짱을 끼며 말했다.

"그리고 그 이후는 〈두 발의 총성〉 그대로지. 불가능할 거라 여겨진 거대한 회전문. 프랑스는 그것에 완벽히 당했어. 러시아가 뒤통수를 치겠다지만, 지난 20년간 무뎌진 그들의 칼끝이 제 역할을 할 거란 보장은 없고."

"그건…… 그렇죠."

"이런 상황인데, 내가 자네를 내 테이레시아스로 안 써먹으면 난 스스로를 사보타주하는 셈 아닌가?"

아니, 뭐, 그럴 순 있다지만…… 그래도 억울한 건 억울한 거다.

난 진짜로 다 말했는데. 그나마 남아 있던 것도 결국 몬티에게 다 털렸고.

게다가 테이레시아스요? 그 양반, 세계 최초의 트렌스젠더 겸 TS물 주인공이잖아?

아무리 제가 아시안이라곤 해도 이 시기에 그 정도의 PC는 조금 곤란하다고 해야 할지…… 제 취향이 아니라고 해야 할지.

"농담은 그쯤하고, 슬슬 진지해지게."

"크흠. 예. 그러죠."

나는 헛기침을 하며 고개를 끄덕였다.

그래, 뭐. 이럴 때 대충 헛다리라도 짚어 보는 게 미래인의 짐이겠지.

어차피 당분간 펄프고 라디오고 유·무형적 전쟁물자로 바뀌어야 하니 작가들은 당분간 개점휴업이 될 수밖에 없다.

글을 쓰고 싶어도 종이가 없다고. 붕대 만들어야 하니까.

"솔직히 말씀드리겠습니다. 이번 전쟁은 우리가 이길

수밖에 없습니다."

"흐음...... 정말인가?"

"그야, 미국이 참전할 테니까요."

나는 담담하게 말했고 이에 조지 왕세자의 표정은 오묘하게 변했다.

아아, 이해한다. 이 시대의 미국은 아직 아마추어. 정확히는 일본이나 러시아보단 강하지만 이탈리아랑 비교하면 애매한...... 2류 열강에 불과하지.

하지만 미래인인 나는 알고 있다.

"전하, 저는 〈두 발의 총성〉에서 동물들이 왜 그렇게 많이 죽어 나갈 수밖에 없는지를 묘사했습니다."

"봤네. 자네가 쓴 거라곤 도저히 믿기지 않을 만큼...... 건조했지."

그래서 더 끔찍했고.

조지 왕세자는 눈살을 찌푸리며 그렇게 말했다. 그 말에 나는 씁쓸히 웃을 수밖에 없었다.

"개틀링과 노벨의 위업은 압도적인 병기기술의 발전을 이끌었고, 초월적인 화기(火器) 앞에서 병사의 재능이 랜슬롯이나 골리앗과 같다고 한들 그저 과녁에 불과합니다."

"그러니 필요한 것은 질이 아니라 양. 그리고 그 양을 채울 수 있는 것은 오직 미국뿐이다?"

"그렇습니다."

압도적인 산업 역량.

압도적인 인구.

이 두 가지 요건을 충족하는 나라는 현재 오로지 미국뿐이다.

영국이나 독일은 후자가 모자라고, 러시아는 전자가 모자라니.

그 말을 찬찬히 듣던 조지 왕세자는 선선히 고개를 끄덕이며 말했다.

"그 말대로라면, 우리도 할 수 있는 방법이 하나 있군."

"예, 하나 있지요."

나는 조지 왕세자와 눈을 맞췄다.

식민지.

캐나다에서 호주에 이르기까지 전 지구에 걸쳐 해가 지지 않는 식민제국의 저력.

미국의 인구가 지금 1억이 조금 안 되지? 인도 아대륙 인구는 가볍게 3억이다.

즉 엄연히 모든 조건이 만족된다는 소리.

다만…….

"하지만, 그 피 값을 지불하려면―."

"진지하게 내가 왕위를 내놓을 각오까지 해야겠지."

조지 왕세자가 푸른 눈동자를 빛냈다.

"그러잖아도 아바마마의 용태가 심상치 않네."

"국왕 폐하께서요?"

"그래. 독일의 폭거에 대단히 상심하신 모양이야. 지금 우리 의사들이 최선을 다해 보필하고 있네만, 슬슬 내가 왕위를 이어받을 때를 생각해야겠지."

그리고, 라고 말하며 왕세자. 이후 조지 5세가 될 남자는 이렇게 말했다.

"나는 피투성이 제관을 쓰고 싶지 않네. 차라리 아무것도 쓰지 않는 편이 낫지."

나는 고개를 끄덕였다.

피를 마시는 새는 지독한 피비린내 때문에 아무도 가까이 가려 하지 않는다.

그리고 제일 오래 산다지만, 그것도 전근대 시절 얘기지.

붕괴의 때에 발버둥 치는 순간 제국은 결국 먼저 무너지게 된다.

그러자면 역시 식민지가 있어야 나라가 유지될 거라고 믿는 사람들 대가리가 깨져야 하는데—.

그때였다.

"아, 아바마마!! 그, 급보이옵니다!"

"무슨 일이냐, 버티."

버킹엄 궁전의 응접실 문이 열리고 해군 정복을 입은 훤칠한 만 18세 청년이 들어왔다.

나와 만나는 자리라 아무도 들이지 말라고 해서 소식을 앨버트 왕자가 가져온 모양인데…… 허, 저게 우리 메리가 놀아 주던 둘째 왕자 앨버트라고? 역시 그 나치에 맞선 조지 6세로 성장할 왕자답네.

하지만 이어지는 말에 나는 도저히 그런 잡생각을 이어갈 수 없었다.

왜냐하면…….

"이, 일본이 하, 한국의 수도로 쳐들어갔다고 합니다! 호, 홍콩도 위, 위험하다고 합니다."

"뭣?!"

나는 입을 딱 벌렸다.

아니, 이렇게 갑자기?!

* * *

시간을 약간 되돌려서 독일과 비밀 동맹을 맺은 직후.

당시 일본 내각은 마치 대오각성이라도 한 기분이었다.

"영국을 무시한다니, 떨리긴 하지만…… 솔직히 이토록 자유로운 기분이 아닐 수가 없구려."

"하하, 솔직히 이 동아에서 우리 황국을 상대할 수 있는 자들이 있으리라고."

전쟁의 신호탄을 쏘아 올린 것은 빌헬름 2세지만, 더 진지하게 전쟁을 준비한 것은 다름 아닌 일본이었다.

물론 메이지가 죽고 다이쇼가 즉위하느라 어수선한 분위기는 있었지만, 그 역시도 의지를 불태우는 원동력이 될 뿐.

"일찍이 태합(太閤 : 도요토미 히데요시)이 그러했듯, 최대한 빠르게 한양을 점령한 뒤 남경을 함락한다."

"그때는 왕을 잡지 못해 전쟁을 오래 끌게 됐지만, 이번엔 다르오. 민영환을 잡아 죽이고 우리 말을 잘 듣는 자에게 조선왕 자리를 양위케 하면 끝이지!"

"그다음은 나카야마(쑨원), 이 빨갱이오. 감히 황국의 은혜를 저버려? 대가는 강남 전체로 받지!"

단순히 허황된 말이 아니었다.

그들은 수십 년째 이런 날이 오기만을 진지하게 고대하고 있었다.

"40년 전, 일조수호조규(日朝修好条規 : 강화도 조약) 이후 꾸준히 우리 측량사들이 조선 해안가를 측량한 지도입니다."

"체임벌린 그자가 공동 출자한 대한철도회사(大韓鐵道會社)의 철도 노선도입니다. 이규환(李圭桓)에게 비싸게 주고 샀지요."

"그 영국이 기술을 줬는데도 고작 이 정도인가? 육군은 어렵겠어. 역시 운요(雲揚) 때처럼 강화도로 밀고 들어가는 편이 나을 것이오."

"하지만 지금 조선엔 전노급 함선들이 있는데 괜찮겠습니까?"

"때만 잘 맞춘다면, 상관없을 것이오."

해군 총사령관, 도고 헤이하치로(東鄕平八郞)가 담담

하게 말했다.

그의 명성을 드높인 러일전쟁은 역사의 오렌지 병으로 사라졌지만, 그럼에도 청일전쟁에서 북양함대를 바다 속에 묻어 버린 그의 명성은 여전히 드높았다.

세계구급에서 전국구급으로 축소된 것일 뿐.

오히려 불필요한 추앙이 없었기 때문인지 원 역사의 독선적인 면이 싹 빠진 그는 진지하게 말했다.

"조선이 함선들을 사들였다지만 이를 수령하는 데에도 오차는 있을 것이고, 조선인들이 이에 익숙해지는 데도 시간이 오래 걸리겠지. 우리는 그 찰나를 노려야 하오."

틀린 추측은 아니었다.

대한제국이 구매한 충무급 준—드레드노트급 전함들의 흘수선(吃水線)은 수에즈 운하를 통과할 수는 있어도 꽤 아슬아슬했으니.

자연스럽게 그 통과 속도는 희망봉을 돌아온 원 역사의 발트함대 수준은 아니라도, 꽤 느릴 수밖에 없었다.

참고로 중화민국 해군은 말할 것도 없다.

애초에 민란군에 가까운 이들이라, 배라고는 상선 아니면 거룻배 정도에 불과한 수준이니 그런 오합지졸까지 굳이 신경 쓸 필요는 없다.

그저 참수(斬首)에만 집중하면 될 뿐.

"하지만 독일이 언제 우리와 때를 맞춰 개전해 줄지도 모르는 상태인데, 그때를 맞출 수 있겠습니까?"

"그건 내가 모르지. 외교관들이 알아서 할 일이 아닌가? 난 가능성만을 따졌을 뿐이오."

도고 헤이하치로는 당당하게 말했다.

과연 틀린 말은 아니기에 이토 히로부미를 비롯한 내각에서는 독일에 어떻게 비벼 봐야 하나 고민하던 그때.

"그, 급보입니다!! 프랑스가 독일에 선전 포고 했답니다!!"

"뭐, 뭐?! 그게 무슨 말인가!?"

"아니, 그러니까……!"

동맹국으로서 빌헬름 2세의 '선전 포고 주작질'을 상세히 전해 들은 일본 내각은 사색이 될 수밖에 없었다.

아니, 이 미친 황제가 진짜 미쳐 돌아 버린 건가? 어떻게 그런 협잡질을 하지? 만약 전쟁에서 진 다음에는 어쩌려고?

"아니, 아니지. 이기면 그만이긴 하오. 이기면."

제일 먼저 패닉에서 빠져나온 이토 히로부미가 고개를 저으며 말했다.

어쨌든 전쟁이란 승자독식.

그렇다면 승리를 위해서라면 뭐든지 해도 상관없다. 그것이 설령 선전 포고를 조작하는 행위라도.

"그래서, 조선이 사들인 함선들은?"

"아직 홍콩에 있다는 첩보입니다! 이기리스의 집결령에 섞여서 나오지 못하고 있다고 합니다!"

"좋아!! 아마테라스의 가호다!! 전 함대 출격!!"
그렇게 개전과 거의 동시에 일제 해군은 출격했다.
40년 전, 운요호가 올라갔던 그 길을 그대로.

5장 예술의 완성을 위하여

예술의 완성을 위하여

 1897년에 러시아에서 대오각성한 민영환은, 철혈이자 냉혈이자 열혈의 독재자가 되어 대한제국의 산업화를 이끌었다.

 그리고 그 노력으로 간도에 '진출'하여 '옛 고구려-부여의 영토를 되찾아 어쩌구저쩌구 블라블라'의 첫걸음을 떼었다 평할 수 있을 정도였다.

 하지만 그 수준은 어디까지나 현대인의 것.

 아무리 대오각성했다 한들 현대 조선인 출신의 한계는 분명했으며, 더 분명한 한계는 바로 시간의 제약이었다.

 제아무리 15년간 열심히 달렸다 한들, 이미 일본이 달려온 시간은 그 3배에 달한다.

 조선은 이제 막 전—드레드노트급을 이제 막 들여오려

고 하는 참이지만, 일본은 이미 자체적인 드레드노트급 전함인 카와치급(河內型)이 준공된 나라다.

원 역사보다 전쟁이 빨리 터져서 제대로 된 취역을 절차를 밟지 못한 게 흠이지만 그래도 드레드노트급은 드레드노트급.

있으나 마나 한 조선 해군의 저항을 부수고 황해를 돌파한 카와치급은, 빠르게 강화도의 있으나 마나 한 해안포를 부수어 어뢰정을 임시로 개조한 상륙정들이 상륙할 수 있는 길을 열었다.

그야말로 전광석화와도 같은 행보.

"됐다, 됐어!"

"제기랄, 뭔 놈의 뻘이 만조가 이렇게 길어?"

"농땡이 피우지 마라, 진격!! 진격!!"

"드디어 왔다! 대일본제국 반자이!"

1904년 한일의정서(韓日議定書)가 없어, 한양에는 더 이상 일본군이 주둔할 수 없다.

하지만 그럼에도 일본은 이 핑계 저 핑계를 대며 제물포를 비롯한 항구에 1개 대대를 주둔할 수 있었고, 그 부대는 훌륭한 내부 협력자가 되어 주었다.

그리고 고작 개전 2주 뒤.

"허, 진짜로 많이 변했군."

"후작 각하, 어서 오십시오!!"

날짜로는 15일 만에, 이토 히로부미는 한양도성에 발

을 디뎠다.

그는 감회가 새롭다는 표정으로 곳곳에서 검은 연기가 피어오르는 한양을 둘러보았다.

"민영환이 그놈이 난 놈은 난 놈인 모양이야."

15년 전 한양은 전신주만 조금씩 솟아올랐을 뿐, 초가집과 기와집이 대부분인 흙바닥 전근대 도시에 불과했었다.

하지만 민영환이 유신을 일으킨 지 15년.

그 짧은 시간에 거리에는 어엿한 벽돌과 자갈이 깔린 '도로'가 있었고, 간간이 아스팔트와 시멘트로 쌓아 올린 건물들도 여럿 보였다.

그중 핵심이 저 큼지막한 한양역(漢陽驛)이라는 팻말이 걸린 건물.

런던 브리지 역을 따라 한 것이 분명해 보이는 네오 르네상스 양식의 이국적인 건물이 눈에 띄었다.

"역참을 저렇게나 크게 지어 놓다니, 민영환이 그놈은 매연이 맵지도 않았던 건가?"

"노선도를 보면 부의선(釜義線 : 부산~의주선)과 서해안선, 그리고 경해선(京海線 : 서울~해삼위)이 모두 통과할 것을 전제로 했기에 그렇다고 합니다."

"……으음."

이토는 잠시 신음성을 흘렸다가 삼켰다.

나라 하나를 통째로 주무른다는 그 압도적인 권능감.

예술의 완성을 위하여 〈165〉

그것을 모르지 않는 노인으로서, 민영환이 무엇을 느꼈을지 적이 짐작이 갔기 때문이다.

"그래서."

그렇기에 그는 그것을 애써 지우듯 말했다.

"그자는 어디에 있나."

"죄송합니다. 각하. 이미 한양을 빠져나간 듯합니다."

"뭐라!? 또!!"

이토는 길길이 날뛰며 소리쳤다.

그런 추태를 겪는 것은 분로쿠의 역(임진왜란) 때 한 번으로 충분하다고 누누이 말했건만.

하지만 조선출병군 선봉 부대 지휘관인 시라카와 요시노리(白川義則) 소장은 빠르게 변명하였다.

"하, 하지만! 전부 놓친 것은 아닙니다! 제일 중요한 조선왕이—!"

〈─────────────!!〉

그때였다. 한양의 명물, 짐승 울부짖는 소리가 시라카와의 말을 뚝 끊었다.

"저건 또 뭐야. 저런 울음소리가 있던가?"

"조선왕입니다. 각하."

"……뭐?"

그 옥새 찍어야 할 놈? 그렇게 되묻는 이토에게 시라카와는 빠르게 그를 경운궁(慶運宮 : 현재의 덕수궁)으로 안내했다.

이토는 명백히 황궁이어야 할 경운궁 안, 누가 봐도 여전히 공사 중인 되다만 서양식 궁전 같은 건물에 잠시 입을 멍하니 벌려야 했다.

"이 폐허는 무언가."

"석조전(石造殿)입니다."

"……허?"

석조전이라면 이토도 아는 건물이었다.

일본인 기사 오가와 요키치(小川 陽吉)가 초빙되어 기초 공사를 한 건물이고, 친일파인 맥리비 브라운에게 전해 들은 조선의 새 정궁(正宮)이었으니까.

하지만 지금 눈앞에 보이는 것은 기초공사만 막 끝낸 채 움막에 가까운 물건이었고, 정체불명의 괴성은 그 움막 안에서 들려오고 있었다.

"들어가 보시겠습니까?"

"……이상한 냄새가 나는데."

차라리 밖에서 보는 게 나을 듯하다.

이토는 그렇게 말했고, 시라카와가 신호를 보내자 졸병 몇이 안에서 비쩍 마른 산송장 하나를 끌어냈다.

"으…… 어……."

"……저게 그 조선왕이라고?"

"그렇습니다."

미치겠군. 이토 히로부미는 헛웃음을 지었다.

"우리도 요시노부(德川慶喜: 도쿠가와 막부 최후의 쇼

예술의 완성을 위하여 〈167〉

군)를 이리 대하지 않았거늘."

그가 기억하는 조선왕, 이형은 음흉하고 신경질적인 인물이었지만 그래도 왕의 위엄은 갖춘 인물이었다.

정치보다 정치질에 능할지언정, 적어도 이런 식으로 몰락할 인물은 아니었을 텐데…… 이토가 잠시 멍하니 고개를 들어, 여러 가지 생각이 섞인 눈으로 잠시 하늘을 보던 그때였다.

"이 조센징! 이리 와라!!"

"〈큭, 놔라! 이 개 같은 왜놈들아!!〉"

"뭐냐, 그놈은."

상념이 끊긴 이토는 눈살을 찌푸렸다.

묘하게 잡혀 온 상대가 아직 잡히지 않은 목표, 민영환을 닮았기에 더욱 그러했다.

그리고 끌려온 조선인은 당당히, 살짝 애매하지만 알아듣기에 별 무리는 없는 일본어로 말했다.

"나는 대한제국 광무군 2대대장 민용호(閔龍鎬) 참령(소령)이다. 나는 대한제국 군인이니 포로로 대우해 줄 것을 원한다."

"허, 우습군."

이토는 입술을 비틀며 말했다.

"포로? 그런 것은 문명국이나 통하는 말이지. 네놈들 조선은 우리 황국의 발판이나 되면 족한 족속들이거늘 어딜."

"네놈은 누구냐."

"나 말이냐? 대일본제국 후작 이토 히로부미다. 네놈 따위가 눈 부라리고 올려다볼 상대가 아니란 말이다!!"

"〈오, 그래?〉"

민용호가 활짝 웃었다.

이토는 그 웃음에서 헤이그에서 마주친 빌어먹을 어느 조선인의 웃음이 떠올라 더더욱 불쾌해졌다.

"〈이거 대어가 걸렸군. 하하! 과연 통령 각하시다. 그분의 심모원려는 옛 제갈무후와 비할 만하구나!!〉"

"뭐? 그게 무슨…… 잠깐."

이토 히로부미가 그의 늙은 코를 잠깐 킁킁거렸다.

민용호의 온몸에서는 기이한 역한 냄새가 은은하게 풍겨 오고 있었다. 어딘가 익숙하면서도 본능적으로 껄끄러운…….

그리고 그런 그를 향해 민용호는 광기에 가까운 무언가로 가득한 목소리로 말했다.

"〈내 을사년 이래 죽을 자리만 찾고 있었느니라! 네놈이 감히 우리 국모를 해하여 원한이 골수에 찼으니 편히 죽기를 바라느냐.〉"

"뭣…… 당장 여기서 나가라!!"

"〈늦었다.〉"

그 순간이었다.

콰아아아아아아앙!

석조전의 바닥 밑, 하늘 높이 치솟아 오르는 거대한 폭발과 굉음이 순식간에 경운궁 전체를 집어삼켰다.

누구 하나 비명을 지를 새조차 없이, 불길은 모든 것을 휩쓸었다.

그리고.

"〈왜놈들이 기어코! 을사년에 이어 이번엔 대군주 폐하까지 시해했다!!〉"

"〈전군 돌격!! 대군주 폐하의 원수를 갚아라!!〉"

"〈대한제국 만세!!〉"

"이, 이놈들이 어디서!!"

임진왜란 이래 300여 년.

그들은 또다시 한양에 갇히고 말았다.

* * *

한편, 대한제국 수원화성.

"통령 각하! 성공했답니다!!"

"이범윤 제2군 사령관이 북부군을 이끌고 남하! 현재 평양에 집결했습니다!"

"이인영(李麟榮) 제3군 사령관으로부터 보고! 경기도 지방군이 전투 중입니다!! 삼남(三南) 지방군의 소환을 요구하고 있습니다만."

"불가. 작전대로 하삼도 지방군은 자리를 지킨다. 또

한, 진입이 가능해지더라도 작전대로— 절대 진입해선 안 된다."

민영환이 차갑게 말했다.

"명심하라. 우리의 목적은 왜놈들을 최대한 한양이라는 함정 속에 붙들어 놓는 것이지, 승리가 아니다."

"예, 각하!!"

전함을 구매하면서, 민영환은 발라드 준장에게 이렇게 물었다.

―그래서, 우리가 저 전함을 구매하고 훈련하면, 유사시 일본과 교전해 서해의 제해권을 유지할 수 있소?

―그것은…… 어렵습니다.

―그렇겠지.

민영환은 현실을 잘 알았다.

그는 더 이상 애초에 '조선이 혼자 정면에서 싸워서 이긴다'와 같은 허황된 꿈을 꾸지 않았다.

애초에 대한은 이제 막 산업화에 접어든, 아무리 좋게 말해도 개발도상국 워너비요 전근대 후진국에서 이제 막 벗어난 나라에 불과하다.

간도는 그저 청나라가 더 후진국이라서 뜯어먹을 수 있던 것일 뿐.

하물며 한양도성은 무슨 콘스탄티노플 같은 난공불락

의 철옹성이 아니다.

오히려 방어적 기능은 거의 없다시피 하다.

이는 임진왜란 때도 먹히고, 병자호란 때도 먹히고, 훗날의 한국전쟁 중에도 몇 번이나 뺏고 뺏긴 역사가 이를 증명했다.

그런데 심지어 서해까지 열린 문이 되어 있다면?

조수간만의 차는 어디까지나 그 틈을 노려 역공할 수 있을 때나 의미가 있는 것.

오히려 드넓은 한강 강폭으로 군함이 들어오는 것도 완전히 불가능은 아니다.

즉, 목구멍까지 완전히 열린 셈이다.

그렇다면 이를 해결하려면 도대체 어떻게 해야 하는가?

—간단하지. 해결하지 않으면 되네.

즉, 서울을 버린다.

사실 이 자체는 그다지 새로운 것이 없었다. '런조' 이래 조선의 방위 수칙 어딘가에 '수도는 내다 버리는 것'이라고 적혀 있었다. 폭풍을 3연 벙으로 막아 낸 황제의 픽이 커맨드 센터 이동 기능이 있는 종족인 것은 어쩔 수 없는 종특이었던 거다.

게다가 한양은 1차 산업은 거의 키우지 않은 거대한 소비도시.

 그 안에 가둬 말려 죽이기만 해도 왜놈들이 물자 부족으로 허덕일 것은 분명했다.

 그렇기에 민영환은 이것에 한 가지 더 양념을 치기로 했다.

 ─어차피 쓸 일도 없었으니.

 황제, 이형의 가장 큰 토목공사 중 하나인 경운궁.

 본래 그곳의 석조전은 서양식 궁전으로 완공되어 경복궁 근정전에 이은 새로운 정궁으로 쓰일 예정이었지만, 민영환이 정권을 잡은 뒤 건설이 중단되었다.

 그렇기에 다이너마이트(건설용)와 역청(건설용) 등을 들여놓아도 아무런 의구심을 사지 않는 곳.

 그곳에 황제를 박아 두고 거동이 불편한 상태로 만들어, 고위직이 한번은 들르게 만들어— 최대한 크게 폭사시킨다.

 물론 황제를 미끼로 썼다는 것이 밝혀진다면 큰 역풍이 불겠지만, 민영환은 대수롭지 않았다.

 '어차피 전쟁에서 지면 다 끝장이다.'

 반면 승리한다면 '우린 수도를 함락당하고 황제를 시해당했다'라는 명목으로 더 많은 배상을 요구할 수 있지 않겠는가.

할 수만 있다면 안 하는 게 이상한 것이다.

옥새? 그거라면 약 덜 먹은 황태자도 찍을 수 있다. 그래서 챙겨왔고.

불을 붙일 사람 또한 처음부터 정해져 있었다.

―소관, 을미년 의병이 실패했을 때 자결하고자 하였으나 뜻을 이루지 못했습니다. 길동무로 최대한 큰 놈을 낚아 갈 수 있다면, 설령 이 한 몸이 당에 눕혀지지 못하더라도 상관없습니다.

"……그러고 보니."

민영환은 민용호의 유언을 떠올리며 물었다.

"폭발 작전으로 잡은 왜놈은 누가 있던가."

"이등박문, 그리고 백선…… 아니, 백천의칙(白川義則)이라는 장수라 합니다. 각하."

"허, 이등박문?"

정말 큰 놈을 낚아 갔군.

민영환은 정말 오랜만에 고개를 끄덕이며 미소를 지었다.

* * *

"뭐라?! 이토가 죽어?!"

원훈, 야마가타 아리토모가 경악에 차 소리쳤다.

물론 군부파의 수장으로서 정적이 사라졌다는 것은 순수하게 기쁘다.

하지만 이토와 야마가타는 단순한 정적이라 보기 어려운 사이.

사사롭게는 같은 스승을 사사한 사형제 간이고, 공적으로는 함께 유신을 성공시킨 관료파의 수장으로서 그 능력을 인정하고 있는 라이벌에 가깝다.

그리고 무엇보다.

"이렇게 되면 내 책임이 되어 버리잖나!! 이토, 이 빌어먹을 덜떨어진 자식!!"

사실 이쪽이 제일 컸다.

애초에 어떻게 이토 히로부미쯤 되는, 고관대작이란 말로도 부족한 원훈 중의 원훈이 직접 한양으로 갔겠는가?

물론 그 자신이 강력하게 희망한 것도 있지만, 그 전에 군부, 특히 육군이 그래도 되겠다고, 충분히 안전하다고 판단했기 때문이다.

그렇기에 초반부터 조선을 밀어붙이던 그들의 최고 병기인 카와치급 드레드노트 전함을 비롯한 모든 해상 전력이 지금은 대만 앞바다로 이동해 있는 것 아니겠는가.

독일 해군과 연합하고 홍콩에 있는 영국 전함들을 공략하기 위해서 말이다.

'그런데.'

예술의 완성을 위하여 〈175〉

이런 판단을 내려놓고 폭탄 테러를 막지 못했다? 심지어 그걸 기점으로 조선의 반격이 시작됐다고?

이건 틀림없이 정치적 책임이 들어온다. 심지어 서로가 정치적 라이벌이기에 더욱 그러했다.

'누가 봐도 내가 죽으라고 보내서 간 것처럼 보이잖나! 제기랄!!'

당장 그 이토의 왼팔이자 음흉하기 그지없는 이노우에 가오루(井上馨)가 어떻게 들어 올지 생각해 보면 야마가타는 벌써부터 위장이 아파질 지경이었다.

"야마가타 공, 지금 그럴 때가 아니오."

"사이온지 공."

"지금 중한 것은 이 전쟁을 어떻게 헤쳐 나가느냐요."

마찬가지로 원훈이자, 중도파인 사이온지 긴모치가 침착하게 말했다.

야마가타는 눈살을 찌푸리며 고개를 끄덕였다. 흉참하게도 자기 황제까지 제물로 삼아 버린 민영환은 이미 한양을 거대한 개미지옥으로 바꿔 버린 참이었다.

"적들의 포위망을 뚫고 조선 전역을 장악하는 것은 불가능한가?"

"불가능하진 않지만…… 어려울 듯하오."

야마가타는 이를 갈며 말했다.

물론 우월한 군사력을 가진 일본 육군이 조선군의 포위망을 뚫을 수 없다는 것은 말이 안 된다.

하지만 문제는 전술의 차이.

―한강을 넘어가려 하면 여지없이 기관총 세례가 날아옵니다.
―군인답게 맞서 싸우라 해 봤지만, 조선 놈들은 비겁하게 철조망을 깐 참호에 숨고 지뢰를 터트립니다!
―한강뿐이 아닙니다. 북한산 구릉, 그리고 중랑천 또한 마찬가지입니다! 여긴 진흙탕입니다!!

신형 빅커즈 기관총으로 교체하기 위해 영국이 염가에 판매한 구세대의 맥심 기관총.
농경용으로도 쓰이던 철조망.
그리고 땅 파는 거라면 둘째가라면 서러운 조선인의 종특이 합쳐지며, 민영환이 〈두 발의 총성〉을 보고 빠르게 도입한 '참호전'은 서부 전선보다 먼저 '한양 포위망'을 완성하면서 등장했다.
게다가.

―히―햐!! 왜놈들아, 이게 바로 '폭격'이라는 것이다!
―핫하!! 마치 쓰레기 같구나!!

오스만, 영국에 이어 역사상 세 번째로 '공군'을 정식 편제로 도입한 대한제국의 공군 참령 이응호와 서왈보

예술의 완성을 위하여 〈177〉

(徐日甫)가 한양 상공을 날며 간간이 수류탄을 떨어트리며 그들의 진형을 어지럽히고 있었으니…….

'한양을 먹었으니 이제 남경을 접수하고, 청나라는 독일에 넘긴 뒤, 영국과 협상하면 그만'이라던 일본군은 되려 한양에 묶여서 그대로 말라 죽어 가고 있는 형편이었다.

"다른 항구를 습격해서 조선 놈들의 뒤통수를 치는 건 어떠한가?"

"이미 해군대신에게 물어봤소. 무리라더군."

사이온지의 물음에 야마가타 아리토모는 야마모토 곤노효에(山本權兵衞)의 말을 떠올리며 깊은 한숨을 쉬며 말했다.

물론 태평양함대를 움직이면, 그 어떤 항구든 지원포격으로 저 참호를 부수고 밀어내는 것이 가능하다.

하지만 지금 태평양 함대는 쓸 수 없다. 이미 이토 히로부미를 내려놓고 중국 남경을 두드리기 위해 움직인 것도 그렇지만, 제일 큰 문제는…….

―홍콩에서 로열 네이비 태평양 함대가 움직이고 있습니다. 카와치급을 비롯한 주력은 이미 이들에 대항하기 위해 대만을 향해 움직이고 있고, 지금 우리가 빠지면 독일 태평양 함대는 괴멸입니다.

―블라디보스토크의 러시아 태평양 함대를 쳐부쉈던 내해(內海:동해) 함대는? 그들을 투입해서 상륙전을 실

행하는 건?

―아시다시피 조선 반도는 그럴 항구가 극히 드물고, 그나마 있는 항구도 대부분 참호가 깔려 있다고 하는지라…….

―빌어 처먹을 조선 놈들!

결국 답은 하나다.

"영국 태평양 함대를 최대한 빨리 쳐부수는 수밖에 없소."

그리고, 독일 몰래 영국과 협상해, 조선의 식민지화와 중국에 대한 일본의 '우월적 지위'를 보장받은 뒤, 태평양 함대를 복귀시켜 조선에 투입한다.

황국이 최종적인 승리를 얻으려면, 방법은 오로지 그것뿐이었다.

"……그게 가능하다면 말이지."

두 원훈이 깊은 한숨을 내쉬었다.

그래도 독일 해군도 있지 않은가.

어떻게든 되겠지.

* * *

"……그래서 지금 대한의 운명은 영국 태평양 함대에 달린 셈입니다."

"허 참······."

나는 곧장 김창수를 호출해 들은 보고에 입을 멍하니 벌렸다.

아니, 한양을 거대한 참호전으로 꽁꽁 싸맸다는 건 그렇다 치자. 이거에 대해서는 내가 〈두 발의 총성〉에서 주야장천 강조했고, 역으로 돌파하기 위한 전차 얘기도 훈수 뒀었으니까.

그런데 뭐요? 석조전을 폭파해? 그것도 고종이랑 같이? 이토를 잡았다는 거야 좋은 일이지만······ 이게? 맞나?

그리고 무엇보다 이 사실이 나한테까지 전해졌다는 건.

"민영환 통령이 전하라 한 겁니까?"

"그렇다고 합니다."

김창수는 무겁게 고개를 끄덕였다.

나와 한국 측의 정보 전달은 홍콩의 〈앨리스와 피터〉 지부, 그리고 한양의 빈톨서방······ 벤틀리 출판사의 한국 지사를 통해 이루어진다.

민영환 역시 이 루트를 통해 내게 이 모든 작전 계획을 알려 주었다.

우리만 알아볼 수 있게 한글로. 물론 나는 근대 '언문'이라 해석이 난해하지만, 김창수가 읽어 줬다.

그 말은······.

"전쟁이 끝나고, 안정화가 되었다 싶을 때— 민영환 통령은 이 모든 것을 밝히고 스스로 사임할 생각이라 합니다. 그래야 대한이 영국이나 저 미국과 같은 '민주주의'를 이룩할 수 있을 거라고 하면서요."

"……으음."

나는 무겁게 고개를 끄덕였다.

확실히 지금의 철혈 통령 민영환이 오래 집권하면 집권할수록 또 다른 독재정권이 생기겠지. 그건 또 그거대로 좋지 않다.

민영환이나, 이번에 폭사한 민용호 같은 인물들이야 그렇다 치자.

하지만 여흥 민씨라고 하면 안동 김씨, 풍양 조씨와 함께 세도정치로 나라를 말아먹고 일제강점기엔 나라 팔아먹은 걸로 유명한 3대 집안 중 하나 아닌가.

당장 임오군란의 원인도 민씨 탐관오리였고.

민겸호였나? 이름만은 드라마 주인공급이었는데.

아무튼 언제 어디서 또 그런 놈이 튀어나올지 모르니 모든 죄업을 전부 자신이 안고 가겠다—고 말하는 민영환 통령의 의지는 정말 대단한 거라고는 생각한다. 잘만 되면 조선의 워싱턴이 될 수도 있겠지.

"그리고 만약 그렇게 될 경우, 경께서 조선에 돌아와 뒤를 이어 주셨으면 한다고—."

"아니, 그건 아니죠."

나는 대번에 고개를 저으며 말했다.

본심을 말하면 나 역시 한국을 맘대로 주무르고 싶단

예술의 완성을 위하여 〈181〉

생각은 있다.

영국과 다르게 한국은 내 나라니까. 21세기에 있을 때부터 그런 생각을 한 번도 안 해 봤겠냐? 아니, 한국 예체능 업계에서 '바둑 진흥법'을 부러워하지 않는 예체능 업계가 어디 있을까.

딱 한 번만 국회의원이 돼서 진흥법 통과시키고 바로 다음 정계 은퇴한 국수(國手)처럼 '장르문학 진흥법', '도서정가제 폐기법안', '작가 근로 기준법' 그 외 기타 등등…… 을 통과시키고 정계 은퇴한 뒤 다시 글 쓰고 싶다, 그런 에고 심한 망상을 수도 없이 해 봤다.

그러나 지금은 그러고 싶어도 못 한다. 아니, 정확하게 말하면…… 할 필요가 없다.

아닌 말로 민영환 뒤가 누가 됐든 내 말을 거역할 수 있을 리가 없지 않은가. 돈으로 협박하든 언론으로 두드리든 내 맘인데.

몬티 시켜서 해 보니까 안 건데, 대충 다른 건 알아서 하라고 위임 돌리고, 내가 하고 싶은 것만 체리 피킹해서 훈수 두니까 이보다 편할 수가 없더라고.

이 편한 흑막 놀이를 내팽개치고 괜히 전면에 나설 필요가 없지.

"저는 그저 일개 작가고, 대한을 떠난 지도 너무 오래 됐습니다. 어느 정도 조언은 할 수 있겠지만, 책임은 지지 못합니다. 대한의 미래는 세계와 대한을 두루 아는 사람이 책임져야죠."

"경……."

물론 그런 생각을 당당히 내뱉기엔 좀 많이 푼수스러웠기에, 나는 담담하게 철면피를 깔고 말했다.

그러니까 너무 그런 부담스러운 눈빛 하지 마세요, 김구 선생님.

대영 제국 작가는 편하게 살고 싶을 뿐이라고.

그리고 무엇보다.

"이 또한 결국, 이 전쟁에서 이길 때의 이야기죠."

"예. 그건 그렇습니다."

물론 1차 대전에서 이기는 건 확정이다. 하지만 어떻게 이기느냐는 또 다른 문제지.

그리고 그 '어떻게' 중에는…….

"전쟁 이후를 대비하는 것 또한 있고."

"경?"

나는 묵묵히 창밖, 에어하트 캐슬의 뒤편에 위치한 비행장을 내려다보았다.

거리가 머니 잘 들리진 않지만, 대충 저 밖에서 독일어로 이런 이야기가 들려오고 있었다.

"자, 천천히 내리시오!"

"저, 정말 여기서 머물러도 되는 겁니까!?"

"한슬로 진 작가님께서 특별히 개방한 숙소입니다! 여기 계신 동안 예전처럼 작업 할당량만 열심히 챙겨 주십시오! 의식주와 종이, 잉크는 모두 〈앨리스와 피터〉 재단에서 책임지겠습니다!"

파피용 프로젝트를 통해 첫 번째로 들어온 독일의 재단 관련 사람들이다.

단순히 사무직뿐만 아니라 영화와 만화 스튜디오, 출자받은 회사원 등등.

챙겨 올 수 있는 사람은 웬만하면 챙겨 올 생각이다.

제일 앞에 헤르만 헤세 작가도 보인다.

듣기로 원래도 군대 갈 생각이 없었지만, 부적격 판정까지 받은 참에 아예 영국으로 날아오겠다고 했다지.

웬만하면 난 한 사람이라도 더 많이 챙겨 오고 싶었다.

왜 아니겠냐, 1차 대전 당시 독일 제국이 겪어야 할 '순무의 겨울'을 생각하면 나와 관련된 사람들은 한 사람이라도 더 구해 오고 싶은 게 당연하다.

그리고 그 사람들은 전쟁의 참화를 조금이라도 덜 겪은 것에 대해 내게 고마워하겠지.

그들이 날 기억하고 전후(前後)에 바이마르 공화국에서 '이대로 가면 다 죽어!'라는 내 말을 들어 줬으면 한다.

빌헬름 2세라는 개인의 광기는 시민의 힘으로 멈출 수 없지만, 나치 독일이라는 집단의 광기는 시민의 힘으로 멈출 수 있는 기회가 분명 있을 테니까.

그리고.

절뚝, 절뚝.

"저게…… 에어하트 캐슬."

"파울?"

"콘라드 형. 나도…… 저런 사람이 되고 싶어."

 생각에 잠겨 있었기 때문에, 나는 어느 절름발이 학생이 이쪽을 올려다보는 것을 눈치채지 못했다.

Call of Duty

미래인의 개입으로 암흑 진화해 버린 대한제국의 암흑 통령 민영환은 관습헌법 그런 거 좆 까고 '수도를 버린다' 라는 선택을 했다.

하지만 이는 대한제국이 중앙집권 국가임에도 불구하고 '런조'를 비롯한 몇 가지 특징이 있기에 가능한 것이기도 했다.

그중 가장 현실적인 것이 다름 아닌 수도 과밀화 문제.

애초에 산업화란 노동자들을 다수 수용해야 하고, 그 노동자들을 위해 좁은 한양도성을 개방하고 과도한 소음을 발생시키는 것은 비경제적이다.

그렇기에 민영환은 탄약, 제철, 화약 등의 공장을 영등포를 비롯한 한강 이남 지역을 중심으로 설치했다.

지금 참호전의 최전선이 되어 있는 바로 그 지역이다.

―빌어먹을, 조센징 놈들은 어째 쏴도 쏴도 총알이 줄지도 않아!!
―그야, 저 뒤에서 바로 만들어서 바로 쏘고 있으니…….
―으어어어!

그야말로 미네랄 풍부한 앞마당에서 벙커 깔고 싸우는 셈이다. 이래서 민속놀이는 앞마당이 중요하다.
심지어 경기 남부에서 전라도로 이어지는 서해안선 지대는 전통적인 한반도의 곡창지대.
총알이 떨어지는 한이 있어도 밥알이 동나는 일은 없을 곳이다.
결국 민영환은 장기전의 가장 큰 문제 중 하나인 병참 문제를 완벽히 해결할 수 있기에 선택한 것이다. 사실 그거 외에는 선택지가 없었다고 봐도 좋지만.
하지만 또 다른 '기습'을 당한 나라. 프랑스의 파리는 이런 선택을 할 수가 없었다.
"독일 놈들이 지척에 왔다!!"
"지금이라도 보르도를 임시 수도로 지정하고 옮기는 게……."
"지금 미쳤소?! 모든 산업 기반이 파리에 있는데!!"
21세기에도 프랑스는 '파리 공화국'이라 불리는 나라.

금융과 군수, 통신과 교통 모두 백업할 곳 하나 없이 파리에 집결되어 있으니 파리를 포기할 수 없는 게 당연하다.

그 대신 그들은 참모본부장 조제프 조프르(Joseph Joffre)를 총사령관에 임명했다.

빠르게 자리를 잡은 소방수, 조프르는 빠르게 결론을 내렸다.

"막을 수 있다."

독일 놈들이 빠르게 밀고 들어오고 있다지만, 탱크가 개발되지 않은 이 시기에 결국 대군이 움직이는 방법은 철도 아니면 행군.

벨기에가 협조하지 않은 결과, 독일 제국 육군은 결국 제 발로 걸어서 프랑스 땅을 밟을 수밖에 없었다.

"제1군과 제2군은 우익에서 제자리를 고수한다. 제3군, 제4군, 제5군은 벨기에군과 함께 남쪽으로 후퇴!! 2개 야전군을 새로 편성해 이동!"

"파리에 있는 자동차란 자동차는 전부 징발!! 준비가 끝나는 대로 알자스—로렌으로 간 부대들을 원복시킨다!!"

"육항대와 영국이 급파해 준 공군을 이용해 어떻게든 놈들의 발목을 잡는다! 1분, 단 1분 만이라도 더 놈들의 발목을 잡을 수 있다면 우리의 승리다!"

위기의 순간 빛을 발하는 최고위 군 통수권자의 마치 정교한 오케스트라 같은 지휘.

조제프 조프르는 그것을 발휘했고, 썩어도 산업대국인 프랑스가 깔아 놓은 철도와 통신이 지휘를 현실로 구현화시켰다.

그리하여, 전쟁이 터진 지 '6주'째. 파리 바로 앞의 마른강 유역.

"물러간다. 독일 놈들이 후퇴하고 있어!!"

"만세!! 오, 주님을 찬송할진저!! 저 침략자들을 물리쳤나이다!!"

조프르는 '마른의 기적'을 일으켰고, 파리를 구원했다.

그리고 이것은……

"독일군이 누아용(Noyon)에 진지를 폈습니다."

"파리에서 100km밖에 안 떨어진 곳이잖나! 독일군을 완전히 몰아낼 때까지, 이 전쟁은 끝나지 않는다!! 가자!!"

지옥 같은 참호전이 서부 전선에 개막되었다는 뜻이기도 했다.

* * *

1914년.

원 역사의 세계 1차 대전이 터져야 할 연도로 넘어갈 때 즈음, 독일을 둘러싼 전황 역시 겉모양만은 크게 다르지 않은 모양새로 진행되었다.

―몰트케, 몰트케!! 이 무능하기 짝이 없는 놈. 숙부의 발끝도 쫓아가지 못하는 무능한 자까!!
―······송구하옵니다. 황제 폐하.

신조차 모독하는 사상 최대 최고의 천재적 작전, 슐리펜 작전이 좌초되자 참모총장 소 몰트케는 이를 뿌득뿌득 갈면서 그 책임을 스스로 떠안고 에리히 폰 팔켄하임(Erich von Falkenhayn)에게 자리를 넘겼다.

그리고 그와 동시에 팔켄하임과 힌덴부르크의 경쟁도 시작되었다.

"동부 전선의 러시아군은 유약하기 그지없으므로, 서부 전선으로 병력 일부를 옮긴다."

"웃기지 마라!! 감히 이 힌덴부르크의 부하들을 훔쳐 가려 하다니!!"

탄넨부르크의 영웅, 파울 폰 힌덴부르크.

하지만 그 '영웅'의 이름값은 굉장히 미미했다.

그도 그럴 것이······.

―러시아군을 이긴 영웅? 애개, 고작 그 정도 이겼다고 자랑이쇼?

―오히려 이 전력비에서 그 슬라브 놈들을 몰살하지 못하다니, 역시 늙어서 어쩔 수 없는 건가?

러시아의 공세가, 그 나폴레옹을 무너트린 러시아가 맞나 싶을 정도로 애매했기 때문이다.

 무려 16만이나 되었던 독일 동부 전선군에 비해 러시아군의 공세는 그 절반 이하.

 심지어 싸울 생각 없이 이리저리 빠지기만 하는 통에 승전했어도 그다지 재미를 보지 못한 힌덴부르크의 명성은 원 역사보다 훨씬 애매할 수밖에 없었고, 오히려 서부 전선의 후배들에게 간간이 놀림감이 되는 경우도 있었다.

 ―대장님, 이는 기회입니다.
 ―무슨 기회 말인가, 루덴도르프? 전역할 기회?
 ―상식적으로 저 슬라브 놈들이 인내력이 그렇게 뛰어나서 저리 침착하게 공세를 펴겠습니까? 저놈들은 우리 뒤통수를 노리는 게 아니라, 공세 능력이 없는 겁니다.
 ―……그래서?
 ―본국의 지원을 얻어, 오스트리아―헝가리와 함께 공세를 펼 것을 제안 드립니다.
 ―매우 좋은 제안이긴 한데…… 에리히, 공세에는 더 많은 병력이 필요하네. 자네도 알 텐데?
 ―1개 사단, 단 1개 사단만 더 지원을 얻어와 주시면 대장님을 모스크바의 정복자로 만들어드릴 수 있습니다!

 모스크바의 정복자.

은퇴까지 한 장군의 귀에 그 위대한 칭호가 아른거리지 않을 수가 없었고, 힌덴부르크는 그 제안을 그대로 베를린으로 올렸다.

하지만 그 결과는 양쪽 안이 모두 각하 되었다는 통보뿐이었다.

'어차피 동부 전선은 서부 전선이 완료될 때까지 지키기만 하면 되는데, 왜 굳이? 쓸데없는 소리 하지 말고 자리나 잘 지켜라'라는 명령이 내려온 것이다.

"서부 전선이 완료? 언제 완료된단 말인가!! 마른강 너머로 넘어가지도 못하는 주제에!"

"말씀이 과하시오, 힌덴부르크 장군. 자리를 지키시오. 모스크바를 정복한다느니 하는 말도 안 되는 망상은 그만 나불거리고!"

자연스럽게 팔켄하임과 힌덴부르크의 관계는 급속도로 냉각되었다.

그리고 그사이.

"호레이쇼 허버트 키치너(Horatio Herbert Kitchener) 경, 그대를 켄트 현의 하르툼과 브룸의 키치너 백작으로 임명하오."

"리처드 할데인 백작을 해임하고, 후임으로 허버트 키치너 백작을 전쟁부 장관으로 임명한다."

"의무를 받듭니다."

영국 육군 최고의 전쟁 전문가.

허버트 키치너 육군 원수가 전쟁부 장관으로 취임했다.

* * *

난 왜 여기 있지.

몬티 밀러는 잠시 침을 꿀꺽 삼키며 긴장된 눈으로 전쟁부를 둘러보았다.

칼 같은 분위기.

해군장관이자, 같은 샌드허스트 출신인 몬티가 장관 집무실에 손님으로 왔는데도 마치 병풍처럼 취급하는 그 모습이 몬티에겐 참 낯설었다.

'며칠 만에 분위기가 이렇게 바뀌나.'

본래 전쟁 이전, 이 전쟁부의 주인은 리처드 할데인이었다.

애스퀴스 총리 이전, 헨리 캠벨배너먼 때부터 전쟁 장관을 역임한 자유당 최고의 문민 군사 전문가.

몬티도 개인적으로 많이 배웠다.

하지만 개전 직후 그의 영압은 사라졌다.

그 이유는 단 하나.

〈특종! 전쟁 장관은 독일군의 간첩이다?!〉
〈"독일은 나의 정신적 고향이었다"…… 할데인은 어느 나라 사람인가.〉

〈전쟁부 장관과 독일 해운 큰손 알베르트 발린(Albert Ballin)의 위험한 만남!〉

때아닌 스캔들이 모든 것을 덮어버렸기 때문이다.
영국 육군의 발이 느려진 것도 이 때문이었다.

―한슬!! 이게 대체 뭔 일이야!! 이래 가지고 전쟁을 어떻게 해!?
―아니, 그걸 내가 어떻게 아냐.

격하게 놀란 해군장관이 영국의 언론을 뒤에서 주무르는 흑막에게 달려가서 하소연해 보기도 했지만, 그 흑막은 오히려 어리둥절해했다.
진짜로 몰랐으니까. 아니, 딱히 얼굴 한 번 본적도 없는 사람을 왜 음해하겠냐고.
오히려 이에 대해 답을 준 것은 다른 자리, 조금이라도 더 일찍 정치에 입문한 공군장관이자, 이 자리에 없는 윈스턴 처칠이었다.

―뭐긴 뭔가. 책임론이지.
―……설마, 외교 실패의 책임을?
―그렇다네.

언론계에 몸담은 적은 없지만, 정치인들이 언론을 어떻게 쓰는 지는 잘 봐 온 처칠이다.

클라우제비츠가 말했듯 전쟁은 외교의 연장.

리처드 할데인은 군인이 아닌 정치인이었고, 주 업무는 육군의 행정적 개편뿐 아니라 외교부와 발을 맞춰 군축하는 데에 있었다.

―할데인 장관은 전쟁부 장관으로서 육군의 몸집을 줄이기 위해 독일의 똥꼬를 헐도록 닦아 줬지. 그런데 그 독일이 전쟁을 터트렸고. 연착륙을 한 것도 아니라 그냥 엔진이 펑 터졌는데 누구 하나는 희생해야지. 아마 할데인 장관도 각오하고 있었을걸? 그러니 칼같이 후임으로 키치너 원수를 추천한 거겠지.

몬티는 안심할 수 있었다.

어쨌든 애스퀴스 정권이 문민통제를 관둔 건 아닌 셈이니까. 그거 관두면 자신도 잘리는 셈 아닌가.

―흐흐, 뭐 우리는 노났지. 총리 후보자 순위가 하나씩 높아진 셈 아닌가?
―덕분에 우리 영국 원정군(British Expeditionary Force)은 사실상 프랑스 지휘를 받고 있는데요.
―알게 뭔가. 난 우리 공군만 챙기면 되네! 크흐흐. 우

리 호커(Lanoe George Hawker) 군이 격추한 독일군 정찰기 수를 봤나? 이번에 또 갱신해서 무려 8대째야! 곧 있으면 두 자릿수도 찍겠군!

팔불출이다, 팔불출.
저러다 뭐 어디 좆되는 게 패턴인데…….
하지만 몬티는 먼저 좆되는 것이 자신일 거라고는 생각하지 못했다.

―키치너 원수의 호출이요?
―그렇습니다. 전쟁부로 오시랍니다.

대체 왜.
차게 식은 차가 동양의 전통이라는 사약 비스무리한 무언가로 보일 때쯤, 몬티는 차라리 도망칠까-라는 생각이 들었고.
그 순간.
"실례했소. 회의가 늦어져서 좀 늦었군."
"아, 아닙니다."
'이미 늦었다 아쎄이!'라는 환청이 어른거리는 것을 치워낸 몬티가 벌떡 일어났다.
콧수염을 멋들어지게 기른 장교복의 남자. 자타가 공인하는 '전쟁 기계', 허버트 키치너는 몬티의 앞에 대뜸 앉으며 말했다.

"미안하지만 바로 본론으로 넘어가야겠소. 앞으로 또 회의가 있어서."

"아, 예. 저도 그쪽이 편합니다."

"잘됐군."

무슨 이야기가 나올까? 육해군이 동시에 작전을 펼 곳이 있을까?

몬티가 잠시 침을 꿀꺽 삼키던 그 순간.

"몬티 밀러 장관. 귀하는 글로벌 미디어사와 밀접한 관계가 있다고 들었소만."

"……예?"

"글로벌 미디어사 말이오. 지금 영국에서 제일 큰 언론사."

"예, 일단 그렇긴 합니다만—."

"잘됐군. 그 잡지와 라디오들을 좀 써야겠소."

"……무엇을 하시려고."

"모병(募兵)."

허버트 키치너.

엉클 샘의 원조가 되는 남자는 마치 유리구슬 같은 눈으로 몬티를 보며 말했다.

"전쟁에서 이기려면, 한 명이라도 더 많은 군인이 필요하오."

* * *

　세계구급 깡패, 대영 제국이 빚어낸 최고의 전쟁 기계 허버트 키치너.
　그는 그 자신의 전설적인 전훈 중 하나인 보어 전쟁에서 '비전문 군인'들의 전투력을 보았다.

　―앞으로의 전쟁은 더욱 크고, 넓은 범위에서 펼쳐질 것이다. 그 거대한 전역(戰域)에서 승기를 잡기 위해서는 한 명이라도 더 많은 군인이 '모루'가 되어야 한다.

　그리고 그는 그 모루가 극대화할 수 있는 전장을 이번에는 아시아 순방에서 보았다.

　―참호전, 이라고 하셨습니까? 통령 각하?
　―그렇소. 빈약하기 그지없는 우리 대한의 육군 병력이 할 수 있는 것은 그것뿐이겠지.

　1909년. 별 기대 없이 들른 아시아의 소국에서 마주친 한 총리의 대담하기 그지없는 전쟁 구상.
　팔다리 멀쩡하고(방아쇠 당기고 재장전하고 군수품은 옮겨야 하니까) 목표만 바로 볼 수 있다면 그 어떤 군인도 제값을 할 수 있는 이상적인 방어 전술.

하지만 반대로 말하면……

"이 전쟁은 쉽게 끝날 수 없소."

상대 또한 금방 이 이상적인 방어 전술을 구사할 것이다.

그렇게 되면 결론은 하나. 전쟁은 거대한 도살장이 된다.

그리고 허버트 키치너는 그 전황을 뒤엎을 수 있는 해답을 '더 많은 군대'로 잡고 있었다.

"독일을 물리치기 위해서는 최소한 3년 동안 지속될, 거대하고 새로운 군대가 필요하오."

"……그 끝이 오기 전까지 엄청난 사상자를 만들어 낼 긴 전쟁이겠지요."

허버트 키치너는 담담한 듯 새삼스럽게, 머리에 피도 마르지 않은 젊은 병역기피자 출신 해군장관을 바라보았다. 의외라는 눈치였다.

"잘 아시는군."

"그 전쟁이 길어지면 길어질수록 우리 경제는 파탄이 날 겁니다. 그래도 개병제(皆兵制)를 해야 한다고 보십니까?"

"나는 군인이오. 정치인이 아니라."

몬티 밀러는 깊은 한숨을 쉬었다.

어쩐지 자유당 정권에서 이 양반을 겁나게 싫어하더라.

"아무튼 이기는 게 전부다, 이거군요."

"불만이라도 있으시오?"

네, 무지.

몬티는 그렇게 말하려는 것을 애써 참았다.

물론 허버트 키치너의 시각은 옳다.

몬티 밀러 자신 또한 '미래전'이 그렇게 흘러간다는 것에 동의했다.

하지만 문제는.

"'나'를 만나자고 불러서 대뜸 하는 말이 그거부터냐?'

몬티 밀러는 그렇게 생각하며 허버트 키치너 전쟁 장관을 올려다보았다.

엄밀히 말해 모병은 육군 공보부의 일이지, 해군장관의 일이 아니다.

굳이 말하자면 그에 대한 예산 편성 등의 일로 정치인들과 협의해야 할 일이긴 하지만, 그걸 논하자면 그를 내각에 들인 허버트 헨리 애스퀴스 수상이나 데이비드 로이드 조지 재무부 장관에게 말하면 될 일이다.

반면 해군장관과 해야 할 일은 그런 것이 아니다.

영국은 아직 육해공 삼군 통합 사령부, 이른바 합동참모본부나 국방부와 같은 조직이 없다.

전쟁부도 철저히 육군만을 관할한다.

그러니 전쟁을 원활히 수행하려면, 해군과 육군이 협동을 이뤄야 하는데, 그 장관을 데려다 놓고 제일 먼저 하는 말이 저거라······.

'철저히 정치인으로 대하겠다 이거군.'

이해를 못 할 바는 아니다. 몬티 밀러가 샌드허스트 출신이라지만, 보어 전쟁도 빠졌고 군대에서는 아주 짧게 복무하다가 상원의원 비서에서 하원의원을 거쳐 해군장관이 된 케이스니까.

그러니 군의 제일 앞에서 달려온, 잔뼈가 굵은 노장군 허버트 키치너는 일개 젊디젊은 정치인에 불과한 몬티 밀러가 아니꼬울 수 있다.

어찌 보면 제 전장에 흙발로 들어온 얼치기로 보일 수 있겠지.

'좋아. 그렇다면.'

나도 똑같이 대해 주지.

머리로는 이해를 완료하고, 가슴의 분노를 가라앉힌 몬티는 고개를 끄덕이며 말했다.

"아뇨. 저도 같은 생각입니다. '참호전'은 차기 육군의 거대한 화두가 되겠죠."

"……호오."

"오히려."

몬티 밀러는 진지하게 허버트 키치너의 SF 만화 속 인조인간, 혹은 기계 같은 얼굴을 똑바로 보며 말했다.

"부탁드릴 것이 있습니다."

"무엇이오."

"전쟁부 장관으로서 의회에 출석하시면, 이 '징병'의 범위를 우리 브리튼 섬 본토만이 아닌 식민지 전역으로 펼쳐 달라는 청원을 넣어 주시기 바랍니다."

"흐음. 확실히 그것은 이쪽이 바라 마지 않는 일이오만……."

표정 일부가 무너진 전쟁 기계가 말했다.

사실 말 그대로 바라마지 않는 일이긴 하다.

중요한 것은 오직 숫자. 참호에만 들어갈 수 있다면, 그 피부가 하얗든 검든 누렇든 상관없으니.

오히려 거무튀튀한 군복을 입고 있는 동안은 검은 피부가 더 유리할 거다. 훨씬 덜 눈에 띌 테니까.

하지만 구태여? 직접 이 자리에서 해치울 필요가 있나?

그렇게 생각하는 허버트 키치너에게 몬티 밀러는 거기에서 한발 더 나아갔다.

"그리고 그렇게 징병된 군사 중, 영국군과 함께 싸우게 되는 병사들은 인종과 종교의 차이 없이 편성해 주십시오."

"……뭐?"

키치너의 표정에 드러난 파열이 더욱 커진다. 그것을 본 몬티는 가벼운 쾌감을 느꼈다.

"지금 병영을 잡탕으로 만들라는 소린가?"

"어차피 모든 식민지를 동원한 거대한 군대를 만들어야 한다면, 그 식민지 병사들이 잡탕으로 섞여 있어도 상관없지 않겠습니까?"

"말조차 제대로 안 통할 거요."

"모병에 응한 식민지인이라면 영어 정도는 할 수 있을 겁니다. 그리고, 설령 모자라더라도— 보어 전쟁 직후에 키치너 원수께서 제안했던 정책 중에 '기초군사훈련'에 대한 게 있더군요."

몬티 밀러는 태연하게 키치너의 아픈 손가락을 쿡 찌르고 들어갔다.

과거 키치너가 입안했던 그 안은 결국 '예비군 훈련'의 형식으로, 전쟁부가 아닌 내무부가 관할하게 되었다.

당연히 현역 군 장성 출신인 키치너가 보기엔 한없이 모자란 방식이었다.

"전쟁이 터진 김에 그것을 제대로 도입해 보면 어떨까 합니다. 구체적으로 말하면 훈련 과정을 크게 둘로 나눠, 브리튼 섬의 훈련소에서 4주간의 기초훈련을 받고, 다시 부대로 편성한 뒤 추가로 2주의 적응 및 특화 훈련을 받아 장병으로 투입되는 형태로 말이지요."

"……생각보다 체계적이군."

키치너는 황급히 '해군장관답지 않게'라는 말을 덧붙였다.

가면이 완전히 무너져 대놓고 인간성을 드러내는 그 표정을 본 몬티는 만족스럽게 미소를 지으며 고개를 끄덕였다.

"저는 원래 샌드허스트 출신이니까요. 육군의 개혁에

도 관심이 많습니다."

물론 이 아이디어는 철저히 어느 평시에도 국경에 병력을 배치하는 미래 국가 출신 표류자에게서 뻥 뜯어 온 거였지만.

하지만 몬티 밀러는 뻔뻔하고 천연덕스럽게 말할 뿐이었다.

"어떻습니까. 이 제안을 받아 주신다면 어디 글로벌 미디어사뿐이겠습니까? 잊으셨는지 모르지만 저는 〈웨스트민스터 리뷰〉, 작가 연맹에도 연줄이 있습니다. 그들을 통해 보다 효과적으로 모병을 광고하도록 해 보겠습니다."

"……으음."

키치너가 가벼운 신음성을 흘렸다.

거부할 수 없을 것이다. 몬티가 그렇게 생각했고, 역시나 신임 전쟁 장관은 천천히 입을 열었다.

"……한 가지 묻지."

"말씀하시죠."

키치너는 해괴하기 그지없는 무언가를 보는 눈으로 몬티 밀러를 보았다.

"무슨 생각으로 그런 제안을 하시오? 그렇게 훈련된 병사들이 나중에 각 식민지로 돌아간다면 필시 큰 소요를 일으킬 텐데."

"말씀과 다르군요. 저는 원수께서 '군인'이라 하시기에 드린 말씀이었는데요."

'정치인이 아니라면서요.'라는 말뜻임을 안 키치너가 신음성을 흘렸다.

그 난처함을 즐기며, 몬티는 빙긋 웃으면서도 천연덕스럽게 말했다.

"저는 정치인(Politician)입니다. 따라서, 앞으로 이 나라의 방침(Politicy)을 정하고자 하지요."

"……으음."

허버트 키치너는 '그래서 그게 뭔데?'라고 묻고 싶은 마음을 꾸욱 참아 냈다.

군인이자 신사로써 내뱉은 말을 다시 주워 담는 추태를 부릴 순 없으니까.

"……알겠소. 듣지 않지."

"감사합니다."

"그리고…… 후."

그렇게 한참 고개를 젓던 허버트 키치너는 몬티를 똑바로 바라보다가 문득 손을 내밀었다.

"사과하겠소. 몬티 밀러 해군장관. 내가 당신을 크게 오해했던 모양이군."

"아닙니다. 저는 군의 현장에 대해서는 잘 모르니 앞으로 많은 지도편달 부탁드립니다."

노장 출신의 전쟁 장관과 젊은 정치인 출신 해군장관이 손을 맞잡았다.

"모병 정책을 성공한 것보다, 저 젊은이가 충분한 걸물이라는 것을 안 것이 더욱 큰 수확이군."

그렇게 중얼거리던 허버트 키치너는 며칠 후.

"자, 치즈!!"

"으, 으음……."

"장관님, 죄송하지만 좀 더 웃어 주십시오!!"

"이, 이렇게 말인가?"

"예, 좋습니다!!"

집무실에 들이닥친 수많은 사진사에 둘러싸이며, '정말 이게 맞나?'라는 생각을 하지 않을 수가 없었다.

확실한 것은.

"자, 자 한 번 더 찍겠습니다!"

"아직…… 남았나?"

"아유, 요즘 사람들이 이런 거 얼마나 좋아하는데요!"

"으음……."

몬티 밀러는 그가 생각했던 것보다 훨씬…… 걸물이었다.

* * *

글로벌 미디어사.

"크하하하하!! 꼴좋다, 빌어먹을 군바리!!"

마치 수십 년 묵은 체증이 확 씻겨 나가는 듯한 이 웃음소리는 당연하지만 내 웃음소리가 아니다.

물론 내가 대한민국 성인 남성이라면 거의 대부분 탑재하는 군대 혐오를 상시 장착하고 다니는 건 맞지만, 그건 이 시대 군바리들이랑은 전혀 상관없는 이야기니까.

 따라서 이 웃음소리는.

 "오빠, 시끄러워."

 "그리 좋냐, 몬티."

 "그럼, 좋지! 그 영감탱이! 감히 이 미래의 총리가 될 몬티 밀러 하원의원에게 꼽을 줘? 어딜 감히 임명직 따위가! '국민의 선택'을 받은 선출직에게!!"

 허허, 참.

 나는 득의양양하게 웃음을 터트리는 몬티를 보며 고개를 절레절레 저었다.

 어찌나 좋은지 옆에서 메리가 볼때기를 찰싹찰싹 때리는 데도 좋단다.

 뭐, 어쨌든 총리가 되려면 그 정도 장성들 멱살 잡고 흔들 정도의 깡은 있어야 하니 좋은 일이라고 봐야겠지.

 게다가 거기에 딜까지 더 먹였으니…… 이 정도면 몬티가 정말 잘 해 줬다.

 "그런데 한슬, 이런 걸로 충분해?"

 "뭐, 그걸로 일단은?"

 나는 몬티가 흔드는 모병 포스터 3종 세트를 보며 고개를 끄덕였다.

BRITONS WANTS YOU(영국이 너를 원한다.)
Join Your Country's Army!(조국의 군대에 입대하라.)
Answer the Call of Duty(국방의 의무에 응하라.)

각각의 포스터에는 허버트 키치너 원수가 멋들어진 콧수염과 함께 독자를 향해 손가락을 치켜든 모습이 서로 다른 각도에서 인상적으로 그려 있었다. 제일 아래에는 영국스럽게 'God Save the King'까지 쓰여 있고.

이렇게 보니까 확실히 엉클 샘 같기도 하고 영국판 콧수염 대마왕 같기도 한데…….

하지만 몬티는 고개를 저으며 말했다.

"근데 이것만으론 부족할 것 같은데? 한슬도 알다시피, 그 〈영원한 49일의 세계〉 덕에 웬만한 사람들은 대부분 진작에 모병에 자원했을 거라고."

"그렇겠지."

"좀 더 임팩트 있고, 효과적인 뭔가가 없을까?"

"흐음."

나는 몬티의 말에 고개를 끄덕였다. 확실히 그런 게 필요하긴 하지.

그렇다면— 잘됐군.

"그걸 쓸 땐가."

"뭐야, 뭔데?!"

이건 몬티의 질문이 아니다. 몬티보다 더 눈이 반짝반

짝 작은 별로 빛나는 우리 애거사 크리스티, 메리 밀러의 질문이다.

"아, 별건 아닙니다."

나는 씨익 웃으면서 메리의 머리를 쓰다듬으며 말했다.

"굳이 명명하자면— 귀환물, 일까요?"

귀환물

〈훌륭하구나, 리프트라시르(Líf þrasir)의 아이야.〉

마치 동상에라도 걸린 듯이 보라색으로 물든…… 아니, 원래 그런 피부의 거인이 웃으며 말했다.

〈그대가 서리거인이었다면, 당장이라도 우트가르드로 데려가 여(余)의 아들로 삼고 싶을 정도로다.〉

"퉤! 그거…… 참 미안하네."

앨버트가 다시 몸을 일으켰다. 그리고 똑바로 서서 갈색 눈으로 상대를 노려보았다.

"나는 이미, 아버지가 있어."

〈호오.〉

그리고 그 아버지에 부끄럽지 않은 아들이 되기 위해서라도.

앨버트가 다시 한번, 그 몸에 시계 장치로 움직이는 갑주를 몸에 둘렀다.

"여기서, 포기할 수는 없어!!"

〈경이롭군. 그래, 그 눈부시게 빨랐던 소년도 그렇고, 미드가르드의 아이 중에는 놀라운 이들이 많군.〉

하나, 라는 말과 함께 우트가르다 로키(Útgarða-Loki)는 손가락을 튕겼다. 그와 함께 전조도 소리도 없이 나타난 이름 없는 누런 거인의 무릎이 앨버트를 멀리 차 날렸다.

"이, 이게……!"

〈여는 서리거인(Jǫtnar)의 왕이자, 삼라만상(森羅万象)을 비틀고 속이는 원초의 마법사. 이미르가 보르의 세 아이에게 살해당해 천지창조의 권능을 훔친 이이니.〉

하지만, 그 충격은 마치 거짓말과도 같았으니.

앨버트가 몸을 일으켰을 때 그 거대한 무릎은 이미 흔적도 없이 사라져 있었다.

당황해하는 앨버트에게, 거인왕은 담담하게 말했다.

〈방금 소년, 너를 차 날린 거인이 번개로다.〉

"큭……!"

〈그 아스가르드의 번개 신도, 파르바우티의 아들(로키)도 내 속임수를 밝혀내지 못했다. 하물며 이그드라실이 무너져 에시르의 마법과 바니르의 요술, 심지어 셰이드(Seiðr)마저 사라진 지금, 그 잔재만으로 알량한 손기술

을 다루는 그대가 여의 마법을 꿰뚫어 볼 수 있겠는가.〉

보아라.

로키의 목소리가 은근해졌다. 앨버트를 유혹하는 그 목소리는, 마치 세계의 절반이라도 줄 듯했다.

〈여를 이 지루한 세계에 부른 자들은 그 불경함을 물어 직접 죽였다. 하나 그대는 다르다. 여를 만족시켰고, 여의 인정을 받았다.〉

"무, 슨……!"

〈그대가 미드가르드의 새로운 마법 왕이 될 수 있노라.〉

로키가 손짓하자, 앨버트의 몸이 가벼워졌다. 상처가 나았고, 키가 커졌다. 머리 위에는 찬란하게 빛나는 보석이 박힌 왕관이 씌워졌고, 어깨에는 구름만큼 가벼운 망토가 씌워졌다.

그런 앨버트의 귀에 이계의 마법왕이 속삭였다.

〈여는 우트가르드로 만족한다. 미드가르드에는 관심이 없지. 하나 '마법사의 시대'를 되돌리고 싶다는 불경한 소환자들의 욕망은 이해한다.〉

〈그대는 어떠한가? 여에게 도전할 만한 강대한 힘으로, 세계의 주인이 되고 싶지 않으냐? 어리석고 탐욕스러운 이들을 몰아내고, 진정한 리그(Rígr: 왕)의 자리에 앉고 싶지 않은가?〉

〈여가 그대에게 힘을 빌려준다면 가능하다. 땅 위의 모든 것이 네게 고개 숙일 것이고, 수면 아래의 모든 것이

귀환물 〈217〉

네게 배를 보일 것이다. 네가 세상에 '빛이 있으라'고 외칠 수 있노라.〉

〈그대가 바라는 모든 것이 여기에 있노라.〉

앨버트는 실로 그렇다고 느꼈다.

세포 하나하나, 관절 하나하나 강대한 힘이 충만하지 않은 곳이 없었고, 그 누구보다 강하고 아름다운 존재로 거듭나는 듯했다.

별의 존재 규칙을 다시 쓰고 모든 인류에게 마법의 힘을 돌려주며, 그런 세상에 군림하는 왕으로서— 라고 느낀 찰나였다.

"과연."

어딘가에서 작은 발소리가 들려왔다.

그리고 일견 가벼운 듯하면서도 묵직한 목소리가 냉엄한 현실처럼 차갑게 다가왔다.

"바라는 모든 것을 충족시킬 수 있는 공간이라…… 대단하기 그지없군."

〈그대는…….〉

"후임을 걱정하던, 그저 지나가던 노인일세."

그렇게 말한 신사의 옷은 정갈했다.

지팡이를 짚고 페도라를 쓰고 코트를 걸친. 마치 방금 전까지 카드놀이를 즐기고 왔다는 듯한 깊은 노인의 주름.

하지만 그 왼팔은 비어 있었고.

발을 내디딜 때마다 세월은 되돌아가고 있었다.

"이 한여름 밤의 꿈 속에서라면, 다른 이름을 대야겠군."

〈……그렇군. 그대가 이 소년의 아비였나.〉

"그렇다."

던브링어.

어느새 젊음을 되찾은 에드먼드 에어하트가, 앨버트의 발치 앞에 놓인 갑주를 주워 들었다.

"소년, 잠시 빌리겠네."

"에드먼드 씨, 저는—."

"쉿."

에드먼드가 가볍게 웃었다.

"저자는 지나간 과거일 뿐이야."

"……!"

"과거의 존재는, 과거에게 맡기게나."

그리고.

"변신(Transform)."

새벽을 가져오는 톱니바퀴의 기사(Dawnbringer)가 짧은 귀환을 선고했다.

[너의 죄를 세어라. 마법 왕.]

* * *

시간을 잠시 뒤로 돌려 벨포르의 선전 포고 직후.

몬티 밀러와 윈스턴 처칠을 비롯한 영국의 정치인들은 벼락처럼 달려든 독일의 벨기에 점령, 그리고 북프랑스 공격에 머리가 마비되어 미리 준비해 둔 교전대로 행동했다.

영국 원정군을 꾸리고, 북해를 차단하고, 공군을 급파한 것이 바로 그 예시다.

하지만 조금 시간이 지나자 영국인들은 다시 생각해 볼 수밖에 없었다.

"프랑스가 먼저 선전 포고한 거라며? 그러면 우리가 굳이 지켜 줘야 하나?"

"그렇지만, 말이 안 되지 않아? 왜 선전 포고한 놈들은 죽을 쑤고 오히려 선전 포고 당한 놈들이 벼락같이 달려들어서 순식간에 파리를 포위해?"

"아, 그거야 달팽이 놈들이 전쟁을 더럽게 못 하니까 그런 거고. 언제까지 나폴레옹 시절인 줄 알아?"

"그건 그렇지만…… 좀 찝찝한데."

"됐어, 어차피 우리 일 아냐. 술이나 마시자고."

더 시간이 지나 프랑스 정부가 직접 '벨포르 방송국 조사 보고서'를 발표했음에도 영국인들은 그것을 의문의 눈초리로 보았다.

역사상 먼저 때린 놈이 억울하다고 하는 거야 당연히 있는 일인 것도 있지만, '자네는 프랑스 인을 믿나?'라는 말을 들으면 단연코 NO!부터 나오는 게 영국인이니까.

아무리 독일 크라우트가 싫어도 이 진리는 변하지 않는다.

한·중·일과 비슷하거나 그 이상으로 복잡하게 꼬인 관계가 바로 영·프·독이니 어쩔 수 없는 일이다.

물론 〈영원한 49일의 세계〉를 보고 감화되어, '비합리해 보일지 몰라도 프랑스가 살아 있는 게 세계 평화에 도움이 될 거다'라고 생각하며 모병에 응한 이들도 있었다. 하지만 모든 이들이 이지 비틀의 팬은 아니었다.

"그러니까, 이번엔 안 가신다고요?"

"그래. 내가 왜 손주들 놔두고 그런 짓을 해야 하냐?"

애초에 나이도 정년 제한에 걸려 있지만, 그럼에도 불구하고 월터 스미스는 마치 스스로 모병을 무시한 것처럼 코웃음을 쳤다.

물론 보어전쟁에서 보여 준 눈부신 활약을 생각하면 부사관급 대우로 받아들여질 수도 있지만, 그렇다고 굳이 갈 생각은 없었다.

"우리 클럽 회원 중에서도 일부 가겠다는 놈들이야 있었지만, 갈 거면 혼자 가고 선동하지 말라고 못 박아 뒀다. 흥! 한슬리언이 어찌 이지 비틀 같은 흉참한……!"

"예, 예. 차나 좀 드세요."

"이 녀석이."

'이지 비틀' 얘기만 나오면 일장 연설이 끝없이 이어지는 아버지에게 익숙해진 엘리 스미스. 아니, 이제 엘리 채플린이 된 그녀는 아무 말 없이 홍차를 내밀었다.

월터도 그런 딸의 마음을 아는지 구시렁거리면서도 그 차를 홀짝였고.

"그러고 보니, 찻값이 또 올랐다더구나."

"독일 뿐 아니라 일본도 전쟁을 일으켰다잖아요. 인도 쪽 수입로가 불안정해져서 물가가 올랐대요."

"허. 예전엔 그놈들도 우리한테 이것저것 배워 가던 놈들이었는데……."

'이래서 배은망덕한 야만인들은'이라고 말하려던 월터는 곧장 입을 다물었다.

신실한 한슬리언인 그로서는, 글에서 은은히 인종 차별을 비판해 온 한슬로 진의 모습을 보며 도저히 '야만인'이라는 말을 쉽게 담을 수 없던 것이다. 실제로도 그는 아시아인, 아일랜드인, 유대인 등의 인재들을 차별 없이 발굴하여 중용하고 있지 않은가.

그의 사위, 시드니 채플린과 그 형제도 그중 하나고.

"커흠, 그보다 네 남편은 미국 가서 언제 돌아온다더냐?"

"글쎄요? 찰리. 아니, 도련님이 워낙 바빠져서 오기 힘들긴 하다던데……."

"에잉, 진짜."

불편한 일을 잊고자 말을 돌렸던 월터는 더더욱 불쾌한 기분이 들고 말았다.

시드니 채플린이 집시치곤 진국이고, 능력도 있어 이젠 그가 서점 겸 잡화점을 팔아 버리고 여유만만한 은퇴 생활을 즐기곤 있지만…….

'아무리 그래도 그렇지, 이제 겨우 일고여덟 살 난 애들을 두고 미국 출장을 가?'

혹시 그놈도 집시 종특을 못 버리고 바람난 거 아닐까? 그날이 오면 보어인들을 쏴 죽였던 총으로 그 집시 놈 대가리를 날려 버릴 것이다…… 월터가 그렇게 생각하던 찰나였다.

"아빠, 딕 아저씨 오셨어요."

"응? 벌써?"

애들 하교 시간까진 아직 멀었는데.

그 집시 사위 덕에 번 돈으로, 개인택시 사업자 딕을 사실상 전속 기사로 고용한 것이나 다름없던 월터는 고개를 갸웃거렸다.

그런 그에게 딕이 황급히 달려와 외쳤다.

"월터!! 월터!!"

"딕, 무슨 일인가. 아직 이스트엔드 스쿨은…….."

"지금 학교가 중요한 게 아니야! 이걸 보게!!"

"이건……!?"

월터의 눈이 크게 떠졌다.

딕이 다급하게 들고 온 것은, 다름 아닌 글로벌 미디어사에서 특별히 편성한 모병용 잡지였다.

이전처럼 허버트 키치너 원수의 얼굴만 있었던 것이 아니라, 그 내용엔······.

〈던브링어 리턴즈 : 에드먼드의 귀환〉

"더, 던브링어?! 에드먼드가?!!"
패닉에 가까운 환희에 젖은 월터는 손주들의 하교를 딸과 딕에게 맡기고, 경건한 마음으로 맥주를 한 모금 마신 뒤 천천히 양지바른 서재로 들어갔다.
그리고 천천히 그 내용을 음미했다.
"으으음······!"
사실, 내용은 보지 않아도 충분히 짐작할 수 있었다.
당장 잡지부터가 특별 편성이었고, 외전이라는 것은 분명했으니.
구성 또한, 오랜 독자인 그는 알아볼 수 있었다.
'앨버트를 꼬드겨 마법의 왕국을 세우고 세상을 정복하자는 요툰 왕 우트가르다 로키'와 '영국을 꼬드겨 게르만의 왕국을 세우고 세상을 정복하자는 독일 황제 빌헬름 2세' 사이의 유사점.
그리고 그런 유혹을 걷어차고 그저 순수하게 '한 사람이라도 차별 없이 더 많은 인간의 행복을 위하여', 우트가르다 로키의 환상을 역으로 이용해 젊어진 채 다시 한번 전장에 나선 에드먼드 에어하트.

물론 대놓고 나서란 말은 그 누구도 하지 않는다.

하지만 저 던브링어가 가져다준 새벽에 들떠보지 않은 적이 없는 남자라면 누구나.

"……크흠!"

어쩔 수 없지.

월터 스미스는 대표로서 분연히 '산트렐라의 노래' 회원들을 소집했다. 에어하트 후원회의 '대모', 은색 팔 자경단의 '단주', 뉴턴 연금술 학회 '학회장' 또한, 이 소집에 함께했다.

그리하여 대영 제국 병무청에는 원정군으로 자원하는 이들이 줄을 이었다.

그리고.

"자! 가져왔어! 동반입대 신청서야!! 이거 쓰면 우리 넷 다 같이 같은 부대로 갈 수 있대!"

"롭, 이거 진짜 가야 해?"

"아직도 발 빼는 거야, 존? 신혼인 건 이해하지만, 이게 다 정의를 위한 일이라고."

"제프리 말이 맞아. 이때가 아니면 우리 'the T.C.B.S (Tea Club, Barrovian Society)'의 이름을 어떻게 알릴 수 있겠어!"

"크리스……."

"그래!! 새벽을 가져오는 영웅을 위하여! 킹 에드우드 스쿨을 위하여!!"

런던의 어느 집.
네 명의 친구가 군대에 자원했다.

* * *

'던브링어의 귀환'.
이 감칠맛 나는 소재를 단순히 단발성 소재로만 살리기는 매우 아쉽다고 생각하는 게 당연한 일.
망했다면 모를까, 대대적으로 성공한 이 에피소드가 공개되자 영미권 각국의 극장, 방송사, 영화사의 미디어믹스 요청이 빗발쳤다.
평소라면 여기에 프랑스 파테(Pathe)도 있었을 것이지만, 지금은 무리였다. 파리 앞마당이 불타고 있는데 어떻게 감히 신작이 어떻고 말을 꺼내겠는가.
그러나 파테는 억울할 이유가 없었다. 이들은 모두 헛물이었다.
왜냐하면 이 원고는 입고조차 되기 전에 복사본이 대서양을 건너 태평양 바로 앞에 도착해 있었으니까.
"그러니까—."
에드먼드 에어하트 역, 의친왕 이강이 분장을 매만지며 말했다.
"미리 준비하라던 〈던브링어〉 신작 영화가 이거라는 거로구려."

"예, 그렇습니다."

"하하, 참…… 대부, 아니 작가님은 정말."

감독 조르주 멜리에스가 고개를 끄덕였고, 앨버트 암스트롱역의 찰리 채플린은 혀를 내두를 수밖에 없었다.

"이런 걸 대체 어떻게 연출하라고 묘사를 이렇게 하셨을까요?"

'동상에 걸린 듯한 보랏빛 거인'이라니. 이걸 대체 어떻게 화면 안에 담으란 말인가? 거인 자체야 조각상이라도 끌고 오면 되겠지만, '색깔'은? 영화는 물론이고, 사진조차 아직 흑백의 영역인데.

그렇게 중얼거리던 찰리의 말에, 눈살을 찌푸린 조르주 멜리에스가 고개를 저으며 말했다.

"아니, 방법이 있을지 모르겠다."

"예? 그게 뭔데요?"

"사실 아직 완성하진 못해서 본격적인 영화 촬영에선 쓰진 않긴 했는데…… 같은 장면을 찍은 투명 필름 여럿을 겹치고 겹쳐서, 보이는 것에 착각을 일으키는 방법이 제시된 적이 있다."

이른바 가색(Additive color)법.

하지만 무궁무진하기 그지없는 색의 조합식, 겹치면 겹칠수록 파손 및 열화되기 쉬운 필름, 영사기가 감당할 수 있는 두께 등등의 현실적인 문제점이 제기되어 아직 실용화가 어려운 분야로 알려져 있었지만—

"상황이 이렇게 되었는데, 돈을 아낄 수는 없겠지."

프랑스가 자랑하는 최초의 영화감독, 조르주 멜리에스는 이를 악물고 말했다.

물론 프랑스 본국에서는 파테를 비롯해 법적 공방을 벌여 사이가 나쁜 이들도 있고, 그를 인정해 준 이들은 영국과 미국에 더 많다.

하지만 그렇다고 해서 조국에 애정이 없는 것은 아니다.

그런데 지금 그 사랑하는 조국의 수도, 파리가 함락 직전이라고 하지 않는가.

이런 상황에서까지 발을 뺄 순 없는 것이다.

"나 역시 마찬가지요. 이 영화에 내 출연료는 주지 않으셔도 좋소."

"저, 전하! 괜찮으시겠습니까!"

"물론이오. 애초에…… 썩 좋은 기억은 없다지만, 아버지이자 황제께서 왜놈들의 손에 살해당하셨잖소."

일본은 쉬쉬하고 싶었고 실제로 이곳저곳에 그러기 위한 압박을 넣은 바 있었다. 하지만 홍콩이나 샌프란시스코가 고작 그따위 압박에 신경 쓰기엔 한슬로 진의 지분이 더욱 큰 곳.

거기에 의친왕 이강과 더욱 깊은 연관을 맺게 된 신문왕 허스트까지 있으니, '일본의 이웃 나라 침략 및 한국 황제 살해'는 순식간에 미국 전역에 퍼질 수밖에 없었다.

물론.

"이 나라의 민중들이 저 끔찍한 침략자들에 맞서 분연히 일어서기엔 아직도 모자라겠지만 말이오."

"하아…… 그렇지요."

프랑스, 한국, 영국.

세 개의 나라에서 온 영화계의 정점들은 지독한 무력감에 휩싸인 깊은 한숨을 내쉬었다.

프랑스에서 칼레만 건너면 바로 앞인 영국조차 '프랑스가 먼저 선전 포고했다면서? 그럼 프랑스 잘못 아냐?'라는 여론이 있다.

그렇다면 무려 대서양이라는 바다 건너편의 미국은 어떨까?

당연히 '프랑스가 보불전쟁의 원한을 풀고 싶어서 먼저 선빵 때렸다'라는 인식이 공공연하게 돌아다녔고, 독일계는 더더욱 강하게 이를 주장하고 있었다.

물론 일본의 경우는 조금 다르긴 했다. 굳이 따지자면 여론이 안 좋은 편이었으니까.

독일의 뒤를 따라 전쟁을 선포하느라 부랴부랴 선전 포고도 빼놓고 전쟁을 시작했고, 뜬금없이 제3 국인 대한제국과 중화민국을 공격한 셈이니.

하지만 그래봤자 머나먼 아시아의 일일 뿐이다.

―일본이 중국과 한국에 쳐들어갔다던데?
―저런, 요즘 거기서 수입해 오는 인삼차가 맛있던데.

아쉽게 됐군.

딱 요기까지.
아니, 전쟁이 났다는 걸 알면 조금이라도 더 유식한 사람들이다.
예나 지금이나 미래나, 미국인들은 생각보다 무식하다.

—일본이 중국에 쳐들어가? 그 둘이 붙어 있는 나라였나?
—새끼들, 또 저들만 아는 얘기 하네. 중국은 또 어디고 한국은 또 뭔데.

물론 중국에 물건을 내다 파는 사람들은 좀 더 곡소리를 내고 있지만, 그렇다고 일본과 거래하는 이들도 적지는 않은 편이니까.
그리하여, 지금 미국 의회에서 진지하게 논의되는 것은 전쟁 개입론보다 멕시코 마적을 어떻게 더 잘 때려잡느냐 정도이니…….
"뭐, 그걸 뒤집어엎으려고 이걸 만드는 거잖아요?"
패기로운 청년, 찰리 채플린이 당당히 말했다.
할리우드 영화 아카데미가 정식 대학교 인증을 받은 김에 당당히 대학생 과대 자리까지 차지한 그는 이제 '불가능이란 없다'라고 확신하는 미소를 지었다.

더 정확하게 말하면, '한슬로 진에게'라는 부분이 더 크겠지만.

"이번 영화도 기깔나게 뽑아 보자고요. 그러면 이걸 보고 미국인들도 좀 생각을 고쳐먹을지 모르잖아요."

의지를 불태우는 그의 모습에 조르주 멜리에스와 의친왕 이강이 슬며시 미소를 지었다.

그래, 미래는 이런 패기를 불태우는 젊은이들에게 있는 것이 아니겠는가.

"좋아. 그러면 대본부터 맞춰 보세나!"

"예! 열심히 하겠습니다!"

열의가 옮겨붙은 이강이 찰리와 함께 대사를 외우기 시작했다.

조르주 멜리에스는 고개를 끄덕이며, 필요한 무대를 위해 미술팀으로 자리를 옮기려던 찰나.

"엇."

"아, 아앗!!"

우당탕.

조르주 멜리에스는 깡마른 소년의 몸이 넘어가려는 것을 붙잡았다.

소년이 들고 있던 삼각대, 물감통, 그 외 기타 등등 영화에 쓰이는 잡품들이 바닥에 엎어졌다.

"아, 아앗……! 죄송합니다, 죄송합니다!"

"괜찮네, 괜찮아. 그럴 수도 있…… 음?"

멜리에스는 소년의 발치 앞에 떨어진 무언가를 보았다. 무언가가 잔뜩 그려진 종이 뭉치들이었다.

"그, 그건!!"

"이건 영화에 쓰이는 게 아닌데?"

"제, 제가 그려 본 겁니다."

"자네가?"

"예에……."

소년이 울상을 지으며 말했다.

멜리에스는 흐음, 하는 소리와 함께 천천히 그 그림들을 훑었다.

잘 그린 그림은 분명 아니었다. 지리멸렬하고, 그림을 정식으로 그려 본 적이 없는 자 특유의 거친 선이 그대로 묻어 나왔으니까.

하지만.

"……동선은 확실히 알아보기 쉽군. 스토리성도 있는 것 같고."

"예? 저, 정말요……!"

"자네, 이름하고 학적은 어떻게 되나?"

"워, 월터예요."

소년은 고개를 끄덕이며 할리우드 영화 아카데미 교장, 조르주 멜리에스에게 말했다.

"월터 일라이어스 디즈니(Walter Elias Disney)요. 아카데미 중등부 미술과 1학년인데……."

"각본과로 옮기게. 내 허가서를 써 주지."
"예……!?"
"만약 옮긴다면."

멜리에스는 빙긋 웃으면서 그의 어깨를 두드리며 말했다.

"이번 영화 시나리오팀 말석이라도 좋다면, 참여해 볼 수 있도록 해 주지. 평가가 좋으면 장학금도 받고."
"……!"
"어떤가."
"가, 감사합니다!"

그렇게.

월트 디즈니는 할리우드 장학생이 되었다.

* * *

한편. 미국인들이 '이 전쟁에 참전해야 할 이유'를 찾는 것은 대단히 배부른 일임은 틀림이 없었다.

좋든 싫든, 대부분의 사람은 참전해야 할 이유가 없음에도 참전할 수밖에 없는 것이 세계대전이니까.

그리고 그들 중 대표적인 이들이 바로 대영 제국의 가장 대표적인 식민지이자 왕관의 보석, 인도인들이었으니…….

인도의 시성(詩聖)이자 국민 영웅, 라빈드라나트 타고

르(Rabindranath Tagore)가 불편한 얼굴로 맞은편에 앉은 사람을 노려보는 것도 당연한 일이었다.

"분명히 말해 두겠네."

그 목소리에서 흘러나온 벵골어는 곧이어 마이크를 타고, ABC 방송국 인도 지사 IBC(India Broadcasting Corporation)가 서비스하는 라디오 전역에 울려 퍼질 것이다.

그것을 알기에 타고르는 더욱 힘을 주어 말했다.

"이 일은 결코 우리 인도에 좋은 일이 아니야. 이는 오히려 영국인들에게 더욱 큰 착취의 기회가 될 일에 불과하네. 보어 전쟁 때 이미 제일 앞에서 뒤통수를 맞은 자네가 그걸 제일 잘 알지 않는가."

"물론 선생님 말씀도 이해는 합니다."

그렇다고 해서 맞은편에 앉은 영국군 모병관 군복을 입은 남자— 모한다스 카람찬드 간디(Mohandas Karamchand Gandhi)의 목소리가 잦아드는 일 또한 없었지만.

"하나 이는 기회이기도 합니다. 보어 전쟁은 영국에 있어 너무 쉬운 전쟁이었기에 우리가 대가를 받아 내기도 어려웠습니다. 하지만 독일이 보어인과 같을 리 없으니, 전후에 인도의 자치권을 얻는 협상이 쉬워질 것이 분명합니다."

"너무 꿈같은 말이 아닌가."

"하나, 가만히 있으면 우리는 아무것도 얻지 못합니다."

"가만히 있다가 영국이 패배한다면? 일본이 동쪽에서 영국의 연합함대를 패퇴시켰지. 우리는 그들과 함께해도 되지 않겠나?"

"일본이 영국에게서 우리를 해방하기 위해 전쟁을 일으킨 게 아니잖습니까. 애초에 그들은 전쟁을 시작하자마자 제3국인 한국과 중국부터 공격했습니다. 그들의 목적은 영국을 대체하는 것이지 아시아인들을 위한 것이 아닙니다……."

그런 식으로.

점심시간에 시작된 '인도의 시성'과 '보어전쟁의 영웅', 두 인도인의 장장 4시간에 걸친 토론은 저녁 시간이 다 되어야 잠시 멈출 수 있었지만.

토론이라면 끝장을 보는 인도인답게, 두 사람은 휴식시간에 휴게실에서 마주치자마자 짜이(차)와 간식을 나누며 오프 더 레코드로 토론을 이어 나갔다.

"모한다스, 자네는 영국인들을 믿나?"

"보어 전쟁이 끝나고, 얀 스뮈츠 장군과 만난 적이 있다고 하지 않았습니까. 그는 저와 심도 깊은 대화를 나누었고, 인도인들을 차별하는 등록법을 취소하겠다고 약속했습니다. 그 약속은 이루어졌고요."

그렇게 말하는 간디의 눈은 미래에 대한 희망으로 반짝이고 있었다.

타고르는 고작 8살 아래에 불과한 그의 눈이 참으로 철없다고 생각하면서도 부럽게 느껴질 수밖에 없었다.

'너무 큰 성공이 그 눈을 가리고 있나.'

물론 타고르 자신도 남아프리카에서 간디의 불복종 투쟁(사티아그라하)과 그 승리를 인정하지 않는 것은 아니다. 그것 역시 뜻깊은 결과다.

하지만 그것과 별개로 영국 제국주의자들은…… 지독히도 탐욕스럽고, 또 악랄하다.

그것을 어떻게 말해야 납득시킬 수 있을까 고민하는 타고르에게, 간디는 눈치를 보며 말했다.

"그리고 제가 기대하는 것은 비단 영국만이 아닙니다."

"그게 무슨 말인가."

"당장 우리를 초대한 이곳도 그 희망 중 하나입니다."

이곳?

타고르는 고개를 갸웃거렸다. IBC를 말하는 것인가 아니면…… 고민하는 타고르에게, 간디는 빙긋 웃으며 말했다.

"아니요, 그보다 더 위를 생각해 보셔도 됩니다."

"그게 무슨……."

"아, 왔군요."

"실례하겠습니다."

휴게실의 문이 벌컥 열리고, 한 명의 아시아인이 들어왔다.

말쑥한 정장을 차려입은 그 청년은 웃음이 잘 지어지지 않는 표정으로 두 사람에게 다가와 말했다.

"타고르 선생님이십니까? 이렇게 만나 뵙게 되어 영광입니다."

"뉘시오? 영어는 잘하시는데…… 처음 뵙는 인종이군."

"국제연맹 사무관…… 이었습니다만, 지금은 때려치웠습니다. 어떤 분이 더 급한 일에 쓰임이 있다고 부르셔서요."

닥터 리라고 불러 주십시오.

이승만은 그렇게 말하며 명함을 건넸다.

이상한 해군의 장관님

 잠시 시간을 돌려, 제2차 헤이그 회담 이후 단계를 거쳐 수립된 국제연맹.

 이제 막 발족되어 사람이 필요한 이 조직에서, 이승만은 〈앨리스와 피터〉 재단과 프린스턴 대학교의 지도 교수 우드로 윌슨, 양측의 추천을 받아 무리 없이 국제연맹 사무직 자리를 얻을 수 있었다.

 그리고 몇 년 정도 이리 구르고 저리 구르다 보니 지도 교수가 미국 대통령이 되기도 하고, 짬도 차이면서 어느 정도 세상 돌아가는 꼬라지를 알 만해지려던 찰나.

 국제연맹이 망했다.

 ―프랑스가 전쟁을 터트려!?

―아니 아니, 독일 짓이 분명하잖소!
―일본이 선전 포고도 없이 한국에 쳐들어갔……!
―벨기에의 중립이 무너졌다!! 독일이 중립국을 침략했다!

발칸이나 에티오피아 같은 오지의 전쟁과는 전혀 다른 사태.
스위스에 본부를 두고 있던 국제연맹이 이 사태에서 폭발 사산하는 건 당연한 일이었다.

―선전 포고는 프랑스 짓이다! 프랑스가 사죄할 때까지 우리 독일은 국제연맹을 보이콧한다!
―까고 자빠졌네! 저 뻔뻔한 오리발!! 국제연맹이 독일을 규제할 때까지 프랑스는 국제연맹을 잠정 탈퇴하오!!
―벨기에와 네덜란드는 독일의 침략을 규탄하며, 국제연맹을 탈퇴한다!
―그, 일본도 이제 탈퇴하려 하는데요.

"돌겠네……."
이런 상황에서 졸지에 실업자가 될 뻔한 외교적 폴리티컬 비스트― 닥터 리, 이승만은 짧은 미혹에 빠질 수밖에 없었다.

'한슬로 진은 이런 걸 다 예측하고 있었나?'

'예측하고 있었다면, 대체 왜 날 여기에?'

'설마, 날 견제하려고? 아니, 내가 대체 뭐라고? 난 그저 대학생일 뿐이었는데……'

어느 쪽이든 살아야 한다. 이승만의 머리는 팽팽 돌아가기 시작했다.

만약 정말로 한슬로 진이 그를 미리 '가지치기'하려 들었다면 유럽은 위험하다. 당장 떠야 한다.

그렇다고 한국에 돌아가는 것도 위험하다. 김창수 부위의 끄나풀도 있을 것이고, 무엇보다 한창 전쟁 중인 나라에서 책상물림인 그가 도움이 될 리가 없으니.

'미국이 낫겠군.'

그곳에도 한슬로 진의 영향력은 있지만, 우드로 윌슨 대통령이 있다.

'만약 교수님을 뒤에 업고 설득을 통해 쪽발이들을 물리칠 수만 있다면, 한슬로 진에게도 뒤처지지 않는 영향력이……'

그렇게 생각하던 순간, 그는 〈앨리스와 피터〉 재단의 호출을 받았다.

"예? 인도로 가라는 말씀이십니까?"

〈그래요. 가서 영국의 인도 모병에 조력을 해 줬으면 합니다.〉

수화기 너머 들리는 한슬로 진의 태연한 말.

혹시 이것도 날 담그려는 술책인가? 라고 생각한 이승만은 조심스럽게 미국으로 가면 안 되냐고 의사를 타진해 보았다.

하지만.

〈그것도 상관은 없는데, 솔직히 전 우드로 윌슨 대통령이 일본을 공격해 줄 거라고 믿지 않습니다.〉

"예? 그게 무슨 말씀이십니까?"

〈미국인들이 원하지 않을 테니까요.〉

친절하기 그지없는, 그러나 동시에 소름이 돋을 수밖에 없는 한마디.

이승만이 모골이 송연해지는 사이에 한슬로 진은 천천히 설명했다.

〈지금 미국인들은 영국, 프랑스와 함께 독일에 맞서는 것에도 고립주의를 선언하고 있습니다. 이런 와중에 우리 동아시아의 비극에 미국인들이 공감해 줄까요.〉

"하, 하지만 경! 우드로 윌슨 대통령은 제 스승입니다!"

〈하지만 그 전에 정치인이죠.〉

틀린 말이 아니었다. 이승만은 본능적으로 한슬로 진의 말이 사실이라고 여겼다.

그의 단점 중 하나가 바로 스승 우드로 윌슨에 대한 콩깍지였지만, 장점인 원초적 정치 본능은 그것을 벗겨 내기에 충분했으니까.

"그, 그러면 어찌……."

〈어차피 전쟁이 격화되면 미국은 참전할 수밖에 없습니다. 설마 그 미국이 최대의 수출 시장인 유럽을 독일에 전부 뺏기는 걸 원하겠습니까.〉

"그 말씀은?"

〈이 전쟁은 결국 독일과 일본의 패배로 끝날 겁니다. 다만…… 영국과 프랑스가 승리자일지는 모르겠군요.〉

이승만이 눈을 번뜩였다.

그렇다면.

〈문제는 그다음이죠. 나는 영국이 이 전쟁에서 큰 교훈을 얻었으면 합니다.〉

"교훈이라고 하시면—."

〈식민지 말입니다. 미국에서 보기엔…… 꽤 매력적인 시장 아니겠습니까?〉

"무슨 말씀이신지 알겠습니다."

외교 특화형 정치 야수.

이승만은 어떻게 하면 '인도—한국—미국'의 반제국주의 연대 벨트를 만들 수 있을지 구상하며, 인도로 가는 배에 몸을 실었다.

영국 왕립 해군 동아시아 함대, 중국 사령부(China Station)의 패배 소식이 중동을 넘어오기 얼마 전의 일이었다.

＊　＊　＊

본질적으로 따졌을 때 세계 1차 대전이 세르비아—오스트리아 전쟁이었듯, 이 전쟁 역시 본질은 '제2차 보불전쟁'이라고 할 수 있다.

하지만 이와 별개로 아시아에서 제일 뜨거운 불이 떨어진 발등은 다름 아닌 홍콩의 왕립해군기지, HMS 타마르(Tamar)였다.

"키아우초우(Kiautschou, 교주膠州)의 독일 해군이 출격했습니다! 류공도(劉公島) 함락!!"

"인천을 함락한 일본 해군이 남하! 대만에서 독일 해군과 합류했다고 합니다!"

"제기랄, 저 배신자 원숭이 놈들! 결국 터지자마자 뒤통수를 이렇게 치다니!!"

왕립해군 중국 사령부 총사령관(Commander—in—Chief, China), 마틴 제람(Martyn Jerram) 해군 중장(Vice Admiral)은 이를 뿌득 갈았다.

"됐어! 어차피 원숭이 놈들에, 10년 전까지만 해도 바다라곤 쥐뿔도 모르던 독일 크라우트 놈들이다."

그는 자신이 10년 넘게 복무한 중국 지부의 왕립 해군이 저 독일 크라우트 놈들의 허접한 동양함대 전력보다 훨씬 정예한 베테랑들임을 믿어 의심치 않았다.

심지어 해상전이란 해병 개개인의 전투력보단 군함의

전투력이 결정하는 것.

물론 저쪽의 샤른호르스트급 장갑 순양함 두 척과 라이프치히 등 경순양함이 있긴 하지만, 이쪽에도 HMS 트라이엄프(Triumph), HMS 리바이어던(Leviathan)과 같은 비록 구형이라도 결코 무시하지 못할 장갑 순양함들이 있다.

게다가, 라고 말하면서 마틴 중장은 청정하기 그지없는 하늘과 그 하늘 아래 낡은 전함을 올려다보며 말했다.

"저 할머니의 마지막이 될 꽃길이다. 원숭이와 크라우트 정도면 좋은 전과가 되겠지."

"나중에 우린 노인 학대범으로 욕먹을 겁니다."

"흥, 이게 다 해군성 때문이야. 돈 달랄 때 줬어야지."

HMS 센츄리온(Centurion).

1892년에 진수되어, 의화단의 난에서도 활약했던 고철덩어리 전드레드노트급 함선이었다.

영일동맹만 제대로 진행되었다면 명예로운 안락사라도 당했을 그 전함이었지만, '돈이 아까운데 스크랩하기도 뭐하다'라는 이유로 홍콩에서 둥둥 떠다니다 이제야 그 낡고 무거운 몸을 움직이게 된 것이다.

"동인도 사령부(East Indies Station) 놈들이 올 때까지는 얼마나 걸린댔지?"

"베텔(Alexander Bethell) 소장이 직접 출발했고, 곧 도착한다고는 합니다."

"캐나다와 포클랜드에서 올라올 때까지는 더 걸릴 거고?"

"그렇습니다."

"그러면 당분간은 우리끼리 다 집어먹을 수 있는 거군."

뭐, 좋아.

마틴 중장은 입술을 비틀며 입에 담배를 들어 물었다.

"드레드노트니 뭐니, 헛소리를 한다 해도 결국 원숭이들. 엑스칼리버는 아서 왕 손에 있어야 가치를 발하는 법이지."

"철은 아깝긴 할 텐데, 그놈들이 잘못 운용하다가 좌초라도 되지 않으면 좋겠습니다."

"뭐, 아무리 원숭이들이라도 그 정도는 하겠지."

이쪽의 원숭이들도 그 정도는 하고 있으니.

마틴 중장은 그렇게 말하며 센츄리온의 옆, 줄지어 선 네 대의 전드레드노트급 전함들을 바라보았다.

역사의 장난으로 '시키시마' 대신 '충무'의 이름을 얻은 대한제국의 전함 덕풍(德豐 : 이순신의 봉호), 상락(上洛 : 김시민의 봉호), 금남(錦南 : 정충신의 봉호), 계림(鷄林 : 이수일의 봉호).

하지만 영국인들은 이를 무시하고 익숙한 이름인 마제스틱1~4로 대충 부르는 전함들이었다.

"……아깝긴 아까운데."

마틴 중장이 가만히 혀를 찼다.

짐짓 호기롭게 말하고는 있지만, 전쟁이 터지진 않았으면 모를까 전쟁이 터졌으니, 전함 한 척 한 척이 아까워질 수밖에 없었다.

물론 드레드노트급도 아니고 전드레드노트급에 불과한 데다 1900년생이니 저 센츄리온과 크게 다르지도 않은 구식 전함이지만, 그래도 아직은 현역이니 쓸 만할 테니까.

이러니저러니 해도 '저 야만인들보다 훨씬 잘 다룰 수 있는데'라는 생각이 들지 말라는 것이 무리다.

실제로 이미 그러고 있는 배도 있고.

"차라리 적국이었으면 그 동인도 사령부에 있다는 라이거(Riger)처럼 써먹어 줬을 텐데 말입니다."

"누가 아니라나."

라이거. 본래 일본이 구매하여 쓸 예정인 순양전함으로, 원래대로 수불이 끝났다면 콩고(金剛)라는 이름이 붙여졌어야 할 전함들이었다.

하지만 그 도중에 전쟁이 터지며 동인도 사령부 옥천 허브에서 '딸배'당해, 라이거라는 이름으로 개명되어, 역으로 영국의 함선으로서 이 전쟁에 참전하게 되어 버렸다.

즉, '애린'해 버리는 것은 딱히 원 역사의 오스만 제국 전함을 긴빠이한 처칠만의 폭거가 아니란 거다. 그저 해병국가 영국인의 본능일 뿐이지.

이상한 해군의 장관님 〈249〉

그렇기 때문인지 마틴 제럼 해군 중장을 비롯한 중국 사령부의 영국 해군들 또한, 저 충무급 전함을 보며 같은 생각이 들어 버릴 수밖에 없었다.

"중장님."

"왜."

"상황상 아군이라곤 하지만, 명확히 동맹 조약이 체결된 나라는 아니잖습니까. 사실상 저 발라드 소장인가가 억지로 끼워 준 놈들이고요."

"그래서?"

"승조원들도 대부분 우리 군인데, 조금만 어찌어찌하면 우리가—."

"어허."

하지만.

아무리 그래도 아군인데 이미 대금까지 다 치러진 물건을 강제로 차압하는 짓을 할 수 있는 것은 처칠 수준의 진성 영국인뿐.

바다의 사나이들로서, 아무리 그래도 '지금 당장' 배에 타고 있는 사람들을 끌어내리고 그 배를 차지하는 건 남의 마누라를 뺏는 것과 동급의 비도덕적인 행위였기에 지양해야만 했다.

"하지만 뭐, 멀리 떨어져서 천천히 오라고는 해 두도록."

"그 말씀은?"

"한 번이야 끼워 줄 수는 있어도 두 번째부터는 안 되지."

마틴 중장은 그렇게 말하며 몸을 돌렸다. 그리고, 탁자 위 해도상의 어딘가를 가리켰다.

남중국해, 대만과 홍콩 사이에 위치한 프라타스(Pratas) 군도였다.

"여기서 일본 원숭이들과 크라우트 놈들을 바닷속에 수장시킨다. 그리고!"

쾅.

벼락같은 주먹이 대만의 동쪽.

일본 군도 본토를 내리쳤다.

"일본 본토를 공격! 신대륙 촌놈들이 그랬던 것처럼 항복문서 받아서 런던으로 보낸다. 알겠나!!"

"예!!"

호기롭게 HMS 타마르의 승조원들은 마틴 제럼 사령관의 말에 호응했다.

실로 대영 제국(대 브리타니아 제국) '해군 중장'다운 완벽한 전략이었다.

* * *

런던, 해군성.
"그래서……."

해군장관 몬티 밀러는 뒷골이 띵해지는 기분을 간신히 참으며 부관인 데이비드 비티(David Richard Beatty) 소장에게 물었다.

"졌다고요?"

"그, 완전히 졌다기보단……."

"살아남은 게 한국 전함뿐인데 이게 어디가 패전이 아닙니까?"

비티 소장은 헛기침하며 애써 고개를 돌렸다.

몬티는 머리를 감싸 쥐며 찬찬히 보고서를 훑었다.

자신만만하게 프라타스 군도로 향한 중국 사령부의 HMS 타마르를 비롯한 해군은 격렬하기 그지없는 포화 속에서 장렬히 수장.

그들이 멋대로 앞서 나가다 뒤처진 한국의 전드레드노트급 4척이 분전 및 구조했지만, 결국 그들도 '굼―람'과 '기에림'이 침몰.

남은 2척의 충무급만이 찢어지고 부서진 중국 사령부의 자잘한 배들을 구조하여 싱가포르로 탈출한 상태였다.

결국 태평양에서 해방된 막시밀리안 폰 슈페(Maximilian von Spee) 중장의 독일 동방함대는 희희낙락하며 일본에서 보급받은 뒤 남아메리카로 이동.

일본은 홍콩을 점령해 홍콩 주재 영국군을 제압했고, 무장을 해제한 뒤 홍콩 이스라엘 공화국 정부와 협상했다.

―우리 일본제국군은 영국과 더 나은 환경에서 협상하고 배신자 쑨원을 치고 싶을 뿐이지, 귀국과 적대할 뜻은 없소. 길을 비켜 주고 비행기 등 전투 물자를 보급해 준다면 유대인들을 핍박하진 않으리다.

'정명가도' 시절과 눈곱 하나 다르지 않은 말이지만, 나름 협상은 협상이 맞았다.

막 나가기로 정하긴 했지만, 아직 전간기의 급격한 우경화를 겪지 않은 세계 1차 대전 시점의 일본제국군은 그래도 사이온지 긴모치를 비롯한 비둘기파가 남아 있긴 한 조직이니까.

하지만 '2대'(초대는 테오도르 헤르츨이라고 주장하고 있었다) 이스라엘 대통령, 이즈리얼 쟁월은 존경하는 선지자인 한슬로 진의 나라를 짓밟은 일본과 협상하고 싶은 마음이 전혀 없었다.

―싸워서 죽기는 쉬워도 길을 빌려주기는 어렵다.

임시정부를 선언한 이스라엘은 곧장 중국 내륙으로 피신, 게릴라전을 선언했다.

머리끝까지 화가 난 일본 육군은 이스라엘 공화국의 심장이나 다름없는 홍콩증권거래소 등을 압류하겠노라 협박했지만, 되려 이스라엘 정부 측에서는 당당하게 이리 말했다.

―우리는 도쿄를 사겠다.
―……뭐?
―그리고 1센트에 미국에 팔겠다.
―……!?
―그다음에는 교토를 사겠다.

돈으로 폭격하겠다는 협박.

물론 그 협박은 비현실적이다. 아무리 카두리와 서순이 로스차일드에 비견되는 거부 가문이라고 해도, 준열강급 국가의 토지를 전부 사고서 파산하지 않을 리가 없다.

매매 자체도 잘 이루어질까 의문이기도 하고.

하지만.

'정말 불가능할까?'

협박이 현실적인가 아닌가는 둘째치고, 일단 시도 자체는 실제로 가능할 수도 있다는 점이 모골을 송연케 한다.

결국 일본은 홍콩을 점거하는 선에서 그치고 철수. 정황상 해군을 다시 규합해 동인도 함대를 공격할 것으로 추정 중―이라는 것이 홍콩을 통해 마지막으로 전해진 정보였다.

"휴……."

다시 생각해도 어처구니가 없다.

몬티 밀러는 미간을 누르며 이것을 어떻게 말해야 할지 고민했다.

물론 의회나 애스퀴스 총리에게 보고해야 하는 게 두려운 것은 아니다.

어차피 동아시아 방면에서 패배한 것 자체는 그다지 책망받을 부분이 아니긴 하니까.

일단 지금 유럽에서 어마어마하게 불이 나고 있는데 동아시아 같은 3군에서 패배했다는 소식이 귀에 들리겠는가.

무언가 임기 중에 투자했거나 그런 게 있었다면 모르겠지만 몬티는 그런 것도 없었다.

애초에 심지어 자신은 문민 장관 아닌가. 해군의 자존심 같은 것과도 무관했다.

따라서 그가 부끄러움을 느끼는 사람은 다름 아닌…….

'이걸 한슬에게 어떻게 말해.'

차라리 협력 끝에 패배했다고 하면 이해라도 된다.

하지만 인종 차별적인 생각에 빠져서는 협력해야 할 아군 함선이 따라오지도 못할 정도로 속도를 내고, 그러다가 각개 격파를 당했다?

쪽팔려 죽겠다. 어째서 부끄러움은 몬티 자신의 몫이란 말인가.

'아냐, 이게 현실이다.'

몬티 밀러는 정신을 다잡았다.

이미 한슬로 진 자신부터가 그렇게 말하지 않았는가.

그를 비롯해 마크 트웨인, 아서 코난 도일 등 날고 기는 작가들이 아무리 '인종 차별이 나쁘다'라고 부르짖는다 한들, 그것을 받아들일 사람들은 소수에 불과하다고.

실제로 사람들끼리 부대끼고, 감정을 공유하고, 같은 사람이라는 것을 자각하고 나서야 비로소 뿌리 깊은 인종 차별의 인식이 벗겨질 것이라고 말이다.

'그래서 한슬이 말한 훈련소 시스템을 제안한 거고.'

물론, 이것이 통과될지 어떨지조차 아직 애매하다.

허버트 키치너 장관이 얼마나 열성적으로 의회에 청원할지에 따라 달린 문제니까.

'그러니.'

일단 지금은 할 수 있는 일만 하면 된다.

그렇게 생각한 몬티는 좀 더 동아시아 전선의 전황을 살폈다.

'그나마 쑨 아저씨. 아니, 중화민국 쪽은 괜찮은가?'

만약 일본이 쳐들어온 이때, 청나라가 합세하여 중화민국을 향해 내려왔다면 중화민국은 양쪽으로 끼어 죽을 판이었지만.

천만다행으로 현재, 지구상에 '청나라'라는 국가는 사실상 개점휴업 상태였다.

─청이 천명을 잃었으니 이제 몽골이 대칸의 자리를 돌

려받겠다! 초원의 전사들은 일어나라!!

—근본 없는 서장 땡중 놈이 뜬금없이 대칸을 칭하는데, 칭기스 칸의 후예인 덕왕(德王: 데므치그돈로브)께서 품위를 지키시려면…… 뭔가 더 주셔야 하지 않겠소?

—위구르의 회회인들이여! 준가르의 후예여! 드디어 무도한 만주족들이 업보를 받을 때가 왔다! 이 양쩡신(楊增新)을 따르라!!

중화민국을 빠르게 제압했으면 모르겠지만, 기유 혁명으로 인한 내전이 질질 끌리는데 청나라가 멀쩡하면 그게 더 이상하다.

하물며 곡창지대인 장강 일대도 잃었으니, 결국 반란이 여기저기서 터져 나오는 것은 당연지사.

—이놈이고 저놈이고 세상천지가 온통 도둑놈들 뿐이로구나!

가장 큰 도둑놈인 위안스카이가 결국 그렇게 선언할 정도로 혼탁해진 청나라는 결국, 그 위안스카이가 일본의 사주를 받은 부하 펑궈장의 쿠데타 및 암살로 사실상 종결을 맞이했다.

펑궈장을 인정하지 못한 돤치르이와 왕스전이 그를 다시 암살했고, 중화민국과 전쟁을 끝내냐 마느냐로 또 갈

라져 싸우다가, 결국 왕스전이 돤치르이를 죽이고 황제 푸이를 들고 만주로 도피하였으니까.

이런 입으로 말해도 혼란스러운 정국도 정국인데…….

─빌어먹을!! 어찌하여 이 중차대한 상황에!!

쑨원 입장에선 정신이 나가 버릴 것이다.

왜냐하면 이제 깃발만 꽂으면 되는 판이었는데, 일본이 독일 따라 전쟁을 터트리면서 뒤통수를 친 거나 다름없었으니.

'육군 쪽으로는 중화민국, 해군 쪽으로는 프랑스 인도 차이나 함대와 협력을 하면…… 그럭저럭 시간은 끌 수 있을 것 같은데.'

깊은 한숨을 쉬며 간신히 생각을 정리하는 데 성공한 몬티 밀러는 다음 안건을 향해 손을 뻗었고…….

다시 한번 사자후를 토할 수밖에 없었다.

"음파탐지기 시제품이 아직도 남아 있어요? 즉각 불출해서 각 함선에 설치하라고 그렇게 말했는데 왜 아직도 아무도 안 가져갔답니까?"

"……젤리코(John Rushworth Jellicoe) 총사령관이 수령을 거부하고 있습니다."

"또 입니까?!"

돌겠다, 진짜.

몬티는 머리를 부여잡고 피를 토하는 심정이 될 수밖에 없었다.

영국의 본토함대를 중심으로 대서양함대를 급히 끌어와 형성한 대함대(Grand Fleet)는 태평양함대와는 전혀 다른 구성의, 세계 역사상 전무후무할 최대 최강의 함대.

그 명성이 아깝지 않게 북해 헬리골란트(Heligoland)에서 어떻게든 비집어 나오려던 독일 함대를 무찌르는 전공을 세웠고, 그 덕에 몬티 역시 어부지리로 다소 어깨를 펼 수는 있게 되었지만.

그 대신이랄까, 총사령관인 존 젤리코가 당당히 문민장관을 무시하는 결과를 낳고 말았다.

―잠수함? 거기에 대비한 음파탐지기? 그런 게 정말 필요하겠소?

―사령관님, 저는 독일이 진심으로…….

―장관이 모래 냄새나는 육사 출신이라 잘 모르는 모양인데, 잠수함이란 기본적으로 암습용 비수에 불과하오. 북해처럼 거친 바다에서 잠수함을 운용하는 것 자체가 죽고 싶어서 환장했단 뜻이지.

―그리고 잠수함이 실전에서 영향을 끼치려면 전혀 방비가 되어 있지 않은 통상함을 공격하거나, 적 함대를 붙잡아 둘 함대가 필요한 법. 우리 대함대가 그런 함대가 튀어나올 수 있도록 허락하시는 게요?

―우리를 위해 열심히 하는 건 알겠고, 의회를 존중하여 그쪽이 상관이라는 것도 인정하오. 하지만…… 모르면 좀 가만히 계시오.

"쒸이벌 새끼……."

젤리코와의 만남을 떠올린 몬티의 입에서 온갖 파괴적 욕구가 엉망진창으로 깔린 저주와 욕설이 흘러나왔다.

그런 그를 보며 중간에 낀 부관, 데이비드 비티만 땀을 삐질삐질 흘리며 진언을 올릴 수밖에 없었다.

"장관님, 그분은 모든 해군 장병들이 존경하는 명장입니다. 경력이 오래되어 신문물을 받아들이는 것이 다소 늦고, 돌다리도 두들겨보고 결정하는 신중한 경향이 있긴 합니다만―."

"굳이 그런 말씀 안 하셔도, 젤리코 사령관을 자를 생각은 없습니다."

"그, 그렇습니까?"

"당연하죠."

그랬다간 내가 먼저 날아갈 거 아닙니까.

몬티는 그 말을 하지 못하고 입술만 삐죽였다.

물론 원래도 그럴 생각은 추호도 없었다.

그가 봐도 존 젤리코만 한 총사령관감은 없다.

저건 그저 허버트 키치너가 그랬던 것과 같은 노친네들의 꼬장, 그리고 군의 독립을 요구하고 싶은 장성들의 견제구에 가깝다.

애초에 그것과 전쟁 능력은 엄연히 별개인 법.

거기에 넘어가 빈틈을 드러내는 것은 정치인으로서 하수에 불과할 뿐.

한슬로 진에게 직접 동양 역사를 배운 그는, 딱히 이순신 같은 명장을 자른 영국의 선조가 되고 싶지 않았다.

'뭐, 좋아.'

몬티는 불퉁스럽게 생각했다.

어차피 그가 소나를 만들어 배급한 게 어디 군납 비리 같은 걸 일으키고 싶어서 그런 게 아니지 않은가. 영국의 해병을 한 명이라도 더 살리고 싶어서지.

'만약 한슬의 말이 사실이라면, 언제고 그 꼬장이 발목 잡을 날이 올 테니까.'

그때까진 그저 은인자중할 뿐이다.

만약 아니라고 해도, 해군의 성과가 그대로 해군장관의 성과가 될 테니 그건 그거대로 좋은 거고.

그때를 위해.

"비티 소장님. 처칠 장관과 약속 좀 잡아 주시죠."

"아, 예. 공군장관 말씀이시군요."

"예. 다른 사람보다 소장님이 직접 잡는 게 편하지 않겠습니까."

"물론입니다! 즉각 연락해 보겠습니다!"

본래 본토함대 소속이었으나, T/O가 없어 사실상 무직 소속이었다가, 처칠과의 개인적 인연으로 추천을 받아 부관이 된 데이비드 비티는 희희낙락하며 뛰쳐나갔다.

 그 모습을 뒤로한 채, 처칠과는 무슨 얘기를 해야 원하는 것을 얻을 수 있으려나 생각하던 몬티는 무심코 창문을 열어 밖을 보았다.

 깜깜한 런던의 밤. 대도시의 공해가 별빛을 가리고, 달만이 홀로 독야청청한 그 검푸른 하늘을 보던 그는 문득.

 "어?"

 달을 가로지르는 거대한 무언가.

 하늘을 헤엄치는 물고기와 비슷한 하얀 물체가 다가오는 것을 보았다.

 그리고 귀를 찢는 듯한 거대한— 엔진음.

 "이런, 씨—."

 그날, 그라프 체펠린(Graf Zeppelin)이 런던을 폭격했다.

런던 공습

런던 공습.

원 역사보다 1년 일찍 치러진 이 공습은, 사실 어느 정도 예견이 되어 있었던 일이었다.

―험버사이드 주(Humberside : 잉글랜드 동북부의 주)의 해군 조병창에 독일 비행선들이 왔다 갔다고요? 심지어 폭탄까지 떨어트려요?
―예. 다만 조병창에는 별 피해는 없었고, 근처 마을에서 총 스무 명 정도 민간인 사상자가 나왔습니다.
―이놈들이 기어코 민간인을 안 가리나…… 일단 그 마을에 피해자 위로금조로 배상을 좀 해 줘요. 모자라면 내 사비로 채우고.

―예, 장관님.
―그리고 공군성에도 얘기 넣어 놔요. 결국 방공(防空)은 공군의 일이니까.
―알겠습니다.

그리고 해군성에서 전해진 이 얘기에 대영 제국 초대 공군장관 윈스턴 처칠이 내비친 반응은 이랬다.

―하! 이 위대한 창공의 정복자 윈스턴 처칠이 영국의 하늘을 수호하고 있는데 무슨 놈의 폭격! 우리 해군장관님은 실전 경험이 없어서 겁이 나는 모양인데, 안심하라고 전해 주게!!
―하지만 장관님.
―하지만이고 자시고, 상식적으로 그런 촌 동네니까 그게 통했지! 군사 주요 시설이면 통하겠나?

처칠의 판단은 상식적이었다.
상식적으로 그 느리고 커다란 비행선이 둥둥 떠다녀서 바다를 건너오는 데 그게 눈에 안 보이겠나?
밤에 오면 어쩌냐고? 무슨 피터 페리도 아니고, 그놈들한테 야밤에 길을 알려 주는 요정 패스파인더(Pathfinder)라도 있는 게 아닌데 어떻게 북해를 건너 여기까지 올 수 있을까.

나침반과 육분의로? 그 고고도(高高度)의 성층권에서?
그런데.

"꺄아아악!!"

"하늘에서 폭탄이 떨어진다!!"

"살려 줘!! 훈족들이!! 훈족들이!!"

"다들 침착, 침착하시오! 저 폭탄이 여러분의 머리 위에 떨어질 일은 없습니다!!"

그것이 실제로 일어나버렸다.

런던은 아비규환이 되었다. 시민들에게 있어 가장 공포스러운 것은 폭탄 그 자체가 아니었다.

다른 곳도 아닌 런던이 공격당했다는 공포.

노르만의 정복 이래 스페인도, 러시아도, 심지어 저 나폴레옹조차 감히 넘지 못한 도버 해협을 마치 동네 시냇물처럼 넘은 뒤, 폭력을 가하는 저 하늘 고래 그 자체에 대한 공포였다.

얼마나 심했으면.

박명이 밝아도, 해가 중천에 떠도.

귓가에 비행선의 엔진음이 환청으로 들린다며 병원을 찾는 환자들이 급증했으니……

당연하지만 민심을 가장 먼저 읽어야 하는 정계가 이러한 공포를 눈치채지 못할 리가 없었다.

"당장 해명하시오, 처칠 장관!!"

"영국 본토가 공격당하다니, 이게 지금 무슨 추태란 말입니까!!"

"런던이 불타다니! 250년 만의 굴욕이에요, 굴욕!! 폐하가 저 폭탄에 맞아 비명횡사하셔도 좋단 말입니까!!"

그건 좀 너무 나갔는데.

출석 당한 의회에서, 몬티는 내심 그렇게 생각할 수밖에 없었다.

런던 폭격에서 투하된 폭탄은 집계상 120발. 하지만 사상자는 합쳐서 50명도 되지 않았다.

물론 목숨 하나하나가 결코 가벼이 보아서는 안 될 소중한 국민이고, 이전에 자신의 경고를 제대로 듣지 않아 얻어맞고 있는 처칠이 업보가 깊다,

그렇게 생각하고야 있지만……

'그건 그거고, 이건 이거지.'

몬티는 침착하게 생각했다.

물론 그의 귀에도 공포스러운 엔진음이 여전히 울리고 있다.

하지만 그것과 별개로 그가 현 상황을 정확히 파악해야 할 필요성이 있었다.

지금 당장 목청 터져라 처칠에게 '사퇴하세요!!'를 외치고 있는 사람이 누군가? 현 보수당 당수 아서 밸푸어다.

아무리 여당이 똥볼 차면 야당이, 야당이 똥볼 차면 여당이 나라 망한 듯 달려들어서 머리채 잡는 게 정치고 양당제라지만, 당장 전쟁 중에 저러는 건 좀 아니지 않나?

당장 처칠을 대신해 공군장관 할 사람도 없는데.

'아니, 그걸 노리는 건가.'

전시 거국 내각.

자유당의 빈틈을 찔러, 보수당의 자리를 만들어 보겠다는 일념이 너무 속 보인다.

그렇게 한숨을 쉬던 몬티에게, 의장석에 앉은 허버트 헨리 애스퀴스 총리가 물었다.

"몬티 밀러 해군장관."

"예. 총리님."

"장관은 어떻게 생각하오. 제일 먼저 이 사건을 보고한 게 장관이니, 뭔가 생각이 있을 듯한데."

"그—."

그걸 왜 저한테, 라고 답하려던 몬티는 황급히 입을 다물었다.

딴생각하다 보니 아버지나 한슬이랑 얘기할 때처럼 입이 너무 자유분방해졌다.

"그에 앞서, 이번 폭격에 관한 보고는 굉장히 과장되어 있다(Reports of the bombing have been greatly exaggerated)고 생각합니다."

"총리! 지금 해군장관은 공군장관을 지키기 위해 억지를 쓰고 있습니다!"

"억지가 아닙니다. 밸포르 의원님."

몬티는 침착하게 생각을 정리하고, 천천히 설명했다.

"우선, 이번과 같은 폭격은 앞으로는 꽤 어려울 수밖에 없습니다."

"이유가 무엇이오."

"이번 폭격은 철저히 우리의 상식을 위배한 기습입니다."

절대 처칠이 방심한 게 아니다.

그저 '무작정 되게 하라'라고 강요한 황제 빌헬름 2세의 폭거에 가까운 일이다.

"기사도 따위는 바라지도 않습니다. 중립국을 짓밟고 선전 포고를 위조한 그들의 폭거는 이미 충분히 야만적이니까요. 하지만 우리가 주목해야 할 것은, 독일 황제의 광증이 골수에 미쳤다는 점입니다."

"더 자세히 말해 보시오."

"전쟁터에서 이번에 폭격에 사용된 것과 같은 분량의 화약을 사용했다면, 그 효용은 얼마나 되겠습니까? 아마도 수배에서 십수 배의 인명 피해를 낼 수 있지 않을까요?"

몬티는 조심스럽게 설명했다.

"물론 불의의 피해를 당한 우리 국민의 피해를 무시하는 바는 아닙니다. 하지만 적국의 입장에서 볼 때 이는 결코 합리적인 전쟁 방식이 아닙니다. 비효율적이고, 불합리하며, 무의미에 가까운 방식이지요. 그럼에도 불구하고 이런 방식을 택한 것은—."

"황제가 이성을 잃었다는 겁니다!! 아까운 폭약을 이따

위로 날려 버릴 정도로!!"

"처칠 장관의 말이 맞습니다."

졸지에 말을 뺏겨 버리긴 했지만, 어차피 처칠을 구하기 위한 것이었으니 딱히 상관없겠지.

몬티는 담담하게 고개를 끄덕여 동조했다.

그리고 이 추측은 비교적 정확했다.

마른강 전투에서 삐걱거린 슐리펜 계획은 아라스(Arras), 이프르(Ypres), 아르투아(Artois)에 이르기까지.

프랑스 북부에서 벨기에의 거대항구인 안트베르펜(Antwerpen)을 잇는 거대한 서부전선 앞에 철저히 가로막혔다.

프랑스 총사령관 조제프 조프르는 모든 공세를 막아 내는 천재적인 수비 실력으로 황제의 혈압을 올리고 있었으니까.

물론 그만큼 천재(天災)적인 공세로 팔켄하임의 수명도 늘려 주고 있었지만, 이는 어쩔 수 없는 노릇이었다.

이것이 바로 서부전선의 거대 참호전.

공격자에게는 무한한 위험부담을.

수비자에게는 무한한 어드밴티지를 주는.

인간이 수 초 만에 벌집이나 넝마 짝으로 전락해 버리는 도살장.

그것이 바로 프랑스에 형성된 서부전선의 정체였으니까.

여기에 꼭지가 돌아 버린 황제는 결국 자신의 저열하고 알량한 자존심을 채우기 위해, 런던에 불필요한 공습을 감행하는 억지를 부린 것이다.

즉.

"부디 제게 다시 한번 기회를 주십시오! 런던과 군사 시설을 중심으로 방공시설을 구축하고, 본토 방위를 위한 항공 정찰 제도를 만들겠습니다! 또한, 비행선 요격을 위한 특수한 공대공 특화 전투기와 다소 느리더라도 수송 능력이 훨씬 뛰어난 비행기 개발을 요청하겠습니다."

"다른 건 알겠는데, 수송 능력은 뭐요?"

"우리도 가만히 있을 수 없지 않습니까! 독일 제국의 탄약공장을 비롯한 주요 군사 시설을 폭격해서……!"

"비행기가 거기까지 갈 순 있고요?"

"우리 공군의 무한한 의지가 있다면, 불가능! 그것은 아무것도 아닙니다!"

의지 같은 소리 하고 있네.

몬티는 한숨을 쉬며 반쯤 되는 대로 신무기 아이디어를 쏟아 내는 처칠을 흐린 눈으로 보았다.

물론 저것을 아주 가로막을 생각은 없었다.

'하늘에서의 대규모 폭격'이 가능해진다면, 그것은 적 참호를 분쇄하든 아니면 적 군함을 분쇄하든 최고의 공성 무기로도 쓰일 수 있을 테니까.

그리고.

'레이스는 내가 선두를 땄다.'

몬티는 살짝 어깨와 허리를 폈다.

그는 〈두 발의 총성〉을 보고 전쟁이 장기전이 될 거라는 것을 알고 있었다.

〈삼국지〉를 보고 난세가 어떻게 영웅을 만드는지도 알고 있었다.

무엇보다 〈던브링어〉를 통해 독자들이 원하는 영웅이 어떤 영웅인지도 잘 알고 있었다.

'영웅이 되면, 총리 자리도 더 가까워지겠지.'

물론 지금 당장의 총리는 아니다.

현 총리이자 자유당 당수 허버트 헨리 애스퀴스는 아직 건재하고, 그를 옆에서 보좌한 데이비드 로이드 조지 재무장관은 차기 당수로서의 입지와 인망이 모두 완벽하니.

'하지만 그다음은?'

짧으면 5년, 늦어도 10년 뒤.

전쟁영웅의 입지를 다져 자유당의 당권을 잡고, 소(小) 피트 이래 최연소 총리로 등판할 수 있다.

그리고 그 루트에 정확히 앞서갈 수 있는 사람이 바로 윈스턴 처칠이었는데, 이렇게 알아서 레이스에서 탈락되어 주니 그저 감사할 따름인 거다.

'뭐, 일단은.'

이 전쟁에서 이기는 게 먼저이긴 하지만.

몬티는 그렇게 생각하며 어떻게 하면 참호의 지옥을 벗어날 '전차'를 육군에 스무스하게 넘길 수 있을지 고민했다.

* * *

그렇게 의회와 행정부는 몬티의 활약으로 빠르게 침착함을 되찾았다고 한다.

확실히 코로나 때도 그랬지만, 이럴 때 제일 중요한 건 정부 집단이 어떻게 침착함을 되찾는가이긴 하지. 우리 몬티 장하다.

하지만 그와 별개로.

"우리 국민이 크게 놀란 것은 사실이지."

피로감에 젖은 눈을 꾹꾹 누르며, 아서 코난 도일 작가님은 그렇게 말했다.

"해서, 국왕 폐하께서는 아무래도 우리를 비롯한 작가들이 국민을 달래 주시기를 원하는 듯하네. 혹시 무언가 방법이 없겠나?"

"그건, 지금 저도 특별 편성으로 어떻게 해 볼 생각이긴 합니다만—."

나는 떨떠름하게 고개를 끄덕였다.

그러면서도 도저히 참지 못하고 그에게 이렇게 물어 버렸다.

"괜찮으십니까? 마지막으로 주무신 게 언제예요?"
"한…… 사흘쯤 됐나. 별일 아닐세."
"아니, 왜 걸어 다녀요."
당장 침대에 집어넣어야 할 것 같은데.
그렇게 말하는 내게, 아서 코난 도일 작가님은 깊은 한숨을 쉬며 고개를 젓고는 말했다.
"어쩌겠나, 지금 프랑스에 내 가족들이 가 있는데."
"둘 다 괜찮을 겁니다."
나는 그의 손을 붙잡았다가 솟아오르는 소름을 간신히 숨기며 말했다. 피부가 얼음장 같았다.
"난 그래도 몸은 괜찮아. 국왕 폐하는 지금 제대로 움직이지도 못하더군."
"저도 왕세자 전하께 전해 들었습니다."
기어코 전쟁이 터졌단 이야기를 들은 에드워드 7세는, 결국 그 충격에 쓰러지고 말았다.
그 가정적인 성격에 평화를 위해 열심히 외교에 힘썼던 양반이니…… 충격이 크겠지.
"반쯤 죽은 것이나 다름없어. 적어도 이 참혹한 전쟁은 당신께서 살아 계신 동안 끝내고 싶다고 하시더군."
"……허어."
"그래서 묻겠는데, 이 전쟁은 언제쯤 끝날 것 같나."
"그, 글쎄요."
아니, 그렇게 셜록 같은 눈으로 노려봐도 진짜로 모른

런던 공습 〈275〉

다고.

내가 아는 세계 1차 대전은 1914년에 시작해 1918년에 끝났다.

하지만 내 지식과 달리 이 세계의 세계 대전은 오스만과 일본이 자리를 바꿨고, 빌헬름 2세는 누가 선대 콧수염 대마왕 아니랄까 봐 낙지 대신 할머니를 죽여 버렸다.

과연 이 전쟁은 언제 끝날까? 1916년? 1917년?

"언제 끝날지는 확정할 수 없긴 합니다만, 저도 몬티도 최선을 다할 생각입니다. 길어야…… 3년은 가지 않겠죠."

"……으음. 그런가."

"죄송합니다. 이렇게까지밖에 말씀을 못 드려서."

"아닐세. 자네가 은근히 허술한 건 내가 제일 잘 아니까."

아니, 진짜 이 양반이.

나는 슬며시 울컥했지만, 어쩔 수 없었다. 틀린 말은 아니니까.

그건 그렇고.

"폭격 후유증이라…… 흠."

"또 뭔가 쓸 생각인가?"

"아뇨. 이번 일은 그 정도로는 해결이 안 될 겁니다."

나는 소설가로서 피를 토하는 심정으로 말했지만, 어쩔 수 없다.

물론 문학이 주는 힘은 강력하다.

작은 활자를 통해 전달되는 감정과 가치관은 사람들의 마음을 움직인다.

이는 이념이나 체제를 바꿀 수도 있고, 심지어는 국가를 전복시키기도 한다.

괜히 펜이 칼보다 강하다고 하는 게 아니지.

하지만 즉발적이진 못 하다.

나는 순수문학가가 아니라 대중문학가다. 내 예술을 완성하고 싶은 게 아니라, 남들 보여 주려고 글을 쓴다.

그렇기에 대중이 무엇에 얼마나 잘 흔들릴 수 있는지, 그리고 공포라는 근원적 감정에 함몰되어 버린 독자들이 얼마나 글이 눈에 안 들어오는지 잘 안다.

결국, 그 무엇보다 강하지만 그 무엇보다 약한 것도 문학.

오로지 문학의 힘으로 모든 문제를 해결하려 하는 것도 문제가 있다.

심지어 그게, 나처럼 미래를 알고 있는 사람이라면 더더욱 그러하다.

그러니.

"제게 글쟁이로서의 힘만 있는 것은 아니니까요."

"응?"

"저는 저 나름대로 다른 이들의 손이 닿지 않은 곳을 돌볼 생각입니다."

나름의 정답지를 가지고 말이다.

* * *

솔직히 말해 21세기 한국과 비교했을 때 현시대의 영국은— 지나치게 평화롭다.

아닌 말로 전쟁 위기를 겪기를 했나, 코로나 같은 국가적 재난을 겪어 보기를 했나, 웬 미치광이가 세계 1짱 자리를 먹고 새끼가 미쳐서 전쟁을 일으키기를 했나.

물론 이것은 정보매체가 발달하지 못했으며 글래드스턴 이래 대부분의 총리가 유능하고 사회적 재난을 전부 식민지에 짬 때려서 얻은 평화긴 하지만, 어쨌든 평화는 평화다.

그래서 이번 폭격에 대해 영국인들은 나보다 더 민감하게 반응하는 거란 얘기지.

특히 나야 뭐, 절찬 전쟁 중인 나라에서 툭 하면 들리는 게 사이렌이었으니까.

"그렇다고 가만히 있을 수는 없잖아요."

"그렇지."

로웨나의 말에 나는 고개를 끄덕였다.

당시도 괜찮았던 것은 직접적인 무력 도발이 많지 않았던 것도 이유 중 하나니까.

무엇보다 공포, 그리고 여기서 비롯되는 '불안'은 근원적 감정이며, 그 어떤 감정보다도 강렬하다.

기쁨, 슬픔, 분노 등 다른 감정들을 전부 기억의 저편으로 날려 버릴 만큼.

그게 뭐가 문제냐고? 사리 분별이 안 된다는 게 제일 큰 문제다.

당장 아서 코난 도일 작가님을 보라. 냉철할 때는 셜록 홈스 그 자체이던 분이 전쟁의 공포를 바로 눈앞에 두자 어마어마한 불안증세를 보이고 계시지 않는가.

워낙 심지가 곧은 분인데다 내 옆이니까 그나마 좀 농담도 하고 그러실 수 있는 거지.

그렇다면 그 정도의 심지를 갖추지 못한 대다수의 영국인은 어떨까?

〈"독일 놈들을 죽여라!", 런던 독일 대사관 앞 시위 확산〉
〈분노한 시민들, 독일계 무차별 폭행…… 혼란 격화〉
〈"영국인들을 위한 영국을 위해", 영국 형제단(British Brothers' League) 지지율 급상승〉

영국 형제단이 뭐냐고? 고대 원시 파시즘 비스름한 놈들이다.

반이민, 반난민 정책을 밀어붙이면서 유대인, 아시안, 흑인들을 린치하고 다니는 양아치 새끼들.

런던의 금융을 뒤에서 지배하는 로스차일드조차 이 버

러지들의 공격을 공공연히 받고 시위를 당하고 있으니, 이 극우 놈들이 얼마나 노답인지 알 만할 것이다.

그런 놈들이 이번 런던 폭격으로 지지율이 올라가고 있는 거다.

흔한 일이다. 공포는 사람을 극단적으로 만드니까.

그렇다면 사람은 어떻게 하면 공포를 이겨 내는가?

대책? 그건 몬티가 할 일이고.

사랑? 아름답긴 하지만 현실적이지 못하다. 솔로는 어쩌라는 거야.

가장 보편적이고 일반적인 답은 바로 두려움을 직시하는 것.

그리고 그것을 제대로 도와줄 수 있는 '전문적인 지식'에 의지하는 것이다.

사람은 원래 전문가 얘기라고 하면 일단 의심을 거두는 법이거든.

"그런데, 한슬."

로웨나가 조심스럽게 말했다.

"우리 중에 그런 지식을 가진 사람이 있나요?"

"그런 게 있을 리 없잖아."

그런 눈으로 보지 마.

원래 그런 건 종교의 일인데, 이성의 시대로 와서 그 역할이 많이 축소되고 전문적인 이미지도 많이 폄훼됐단 말이지.

그러니까 그 대신.

"하지만 사 올 순 있지."

다시 말하지만.

나는 돈이 많다.

* * *

폭격이 내려앉았던 런던.

수리 공사가 거의 끝나 파손되었던 시설도 빠르게 복구되었다.

하지만 사람의 마음이란 그리 쉬이 낫지 못하는 법.

거리를 걷는 신사들이 제대로 등을 펴지 못하고 시시때때로 하늘을 보며, 마치 어느 순간 기이한 고래 울음 같은 쇳소리가 들려올 것만 같은 환상통에 떨며 살아가던 어느 날.

그들은 거리에 장식된 라디오에서 기이한 '토론'을 들을 수 있었다.

〈그렇다면 교수님, 지금 저희가 환청을 듣고 있는 것은 지극히 자연스러운 현상이라는 말씀이시군요?〉

〈바로 그러하오! 사람의 마음은 지극히 섬세하고, 신체의 안전에 대한 무의식적 욕구가 대단히 높지. 여러분 영국인들은 런던이라는 불침의 도시가 주는 안도감 위에 있었을 것이오. 하지만 그것이 무너진 지금, 그 마음이

필요 이상으로 술렁거리는 것도 당연한 일 아니겠소?〉

독일 억양이 물씬 나는 영어.

하지만 그럼에도 불구하고 그 말은 런던 시민들의 심금을 울렸으며, 라디오 너머의 노인은 단호하면서도 냉철하게 말했다.

〈그러나 안심하시오! 영국의 뛰어난 군인들과 파일럿들은 이미 빌헬름 2세의 이 파렴치하고 무도한 민간인 공습이 지극히 비상식적인 일이며, 이에 대한 대책을 강구하고 있다고 하오! 그럼에도 불구하고 불안 증세가 느껴진다면, 이— 지그문트 프로이트(Sigmund Freud)가 머물고 있는 킹스 칼리지 런던의 정신의학부로 오시오! 내 친히 상담해 드리리라!〉

오스트리아가 자랑하는 정신분석학의 개파조사이자 현 시대 최고의 심리학 전문가, 지그문트 프로이트.

그가 런던에 왔고, 평범한 환자들과 만나 직접 상담해 준다.

그야말로 가우스가 수학 강의를 하고 한슬로 진이 문학을 가르쳐 주겠다는 수준의 이야기에, 공포에 빠져 있던 런던 시민들이 달려들지 말라는 게 무리였다.

물론 심리학 자체가 생긴 지 얼마 안 되었다는 점이 제일 큰 문제고, 좀 많이 변태라는 점이 문제이긴 하지만— 고작 그 정도는 불안에 빠진 런던 시민들에게 있어서 큰 문제가 아니었다.

서로의 눈치를 보던 런던 시민들이 마침내 결단을 내렸으니.

"나, 나부터! 폭격 때부터 환청 때문에 귀가 아프오!"

"그날 이후로 하늘에 이상한 게 보여요!"

"다들 비켜!! 난 지금 며칠째 잠을 못 자고 있단 말이다!"

"한 명씩, 한 명씩 예약받을게요!!"

그 결과, 킹스 칼리지 런던 정신의학부 앞은 순식간에 문전성시를 이루었다.

물론 그들 전부가 프로이트의 상담을 받을 수 있는 것은 아니었다.

"그, 나는 돈이 없는데 괜찮겠소?"

"아, 예. 앞으로 석 달간의 상담은 〈앨리스와 피터〉 구호재단이 상담비를 대신 납부하고 있습니다."

"대, 대신?!"

"하지만 반드시 프로이트 교수님을 뵐 수는 없고, 그분의 제자들이 대신 상담을 진행하는 일도 있을 겁니다. 그래도 괜찮을까요?"

"괘, 괜찮소! 나 같은 비렁뱅이들 말을 누가 제대로 들어 줬다고!"

당연하지만 그들 모두가 진짜 프로이트의 제자는 아니었다.

대부분은 단순한 간호사. 하지만 동시에 그들은 어느

미래인의 심리 진정 매뉴얼을 받아 놓은 상태였다.

"자, 환자분? 여기 누우세요."

"이 침대예요? 상담을 받는 게 아니라요? 그리고 이 음악은 뭐죠?"

"상담을 진행하려면 최대한 심신이 이완된 상태여야 해서요. 반쯤 졸린 상태에서 진행할 거예요. 이 음악은 클래식 바이올린 독주곡인데 혹시 시끄러우시면 다른 곡으로 바꿀게요."

"아, 아뇨. 왠지 편안해져서. 아무튼 여기 누우면 돼—쿨."

그리고 십중팔구는 대개, 코를 골고 이를 갈면서 몇 시간을 푹 자고 오는 게 대부분이긴 했지만.

여기에.

"실례합니다. 기다리시는 동안, 이것 좀 받아 가세요."

"으, 으응? 간호사 아가씨, 이게 뭐요?"

"간단한 주전부리와 긴급 연락처, 그리고 사은품인 〈문명의 충돌〉 카드 팩입니다. 상담에 찾아오시는 분들께 드리고 있으니, 챙겨 가세요."

"으, 으음. 고맙소."

플로렌스 나이팅게일은 사망했지만, 앨리스와 피터 재단은 여전히 나이팅게일 간호학교를 후원하고 있었고.

이스트엔드 종합학교의 제휴도 아직 여전히 살아 있었다.

앨리스와 피터 재단에 소집된 그들은 미래인이 작성한 간략한 심리상담 매뉴얼을 교육받았다.

그것은 이제까지와는 다른, 육체노동보다는, 환자의 마음을 어루만지는 법이었다.

간호사들은 수제 과자를 만들어 환자들에게 배부했으며, 도저히 못 참겠다며 긴급 연락처를 이용한 사람들을 모아 공동 클리닉을 만들었다.

마지막으로 절대 혼자 심심해하지 말라고 카드놀이 스타터 팩까지 배포했으니…….

"으음…… 잠을 푹 자고 나니, 왠지 기분이 평소보다 좋은걸?"

"클리닉에서 오랜 고민을 쏟아 내고 나니, 훨씬 마음이 편해졌어."

"버, 벌써 밤이야? 그냥 새로 얻은 UR 블라드 3세 카드를 어떻게 더 잘 활용할 수 있을지 고민했을 뿐인— 큭."

런던에서 전쟁의 공포도, 때 이른 국수주의의 망령도 빠르게 세를 잃고 정상화되어 가고 있었으니.

이 모든 것이, 어느 미래인의 은혜였다.

* * *

〈──하여, 빌헬름 2세의 광증은 그 팔의 장애에서 왔다고 볼 수 있소. 팔을 제대로 쓰지 못하는 부자유는 그를 항상 옭아맸을 것이고, 이는 그의 성적 취향이라고 은밀히 알려진 마조히즘을 자극했을 것이라 본 교수는 감히 추측…….〉

"신기하네, 진짜."

몬티는 카랑카랑한 목소리가 흘러나오는 라디오를 픽 끄고 중얼거렸다.

"아니, 진짜 이 양반은 어떻게 모셔 온 거야? 프로이트 교수라고 하면 진짜 네임드잖아."

"그거야, 뭐."

나는 어깨를 으쓱였다.

당연한 거 아닌가?

돈이다.

—으음, 영국까지 와 달라는 거요? 물론 내가 지금 당장 전쟁을 멈춰야 한다고는 생각하고 있고, 빌헬름 2세에 대해서도 썩 좋아하진 않소만 지금 굳이 가야 할…….

—아, 말씀드리지 않았군요. 이건 저희 〈앨리스와 피터〉 재단과 로스차일드 가문에서 제안하는 초빙 강연료입니다.

—……필요가 있겠군! 당장 짐을 싸겠네.

기억해 두자. 세상에 돈으로 살 수 없다면, 돈이 모자란 건 아닌지 확인해 보면 된다.

그보다 중요한 건 프로이트라는 굳건한 기둥에 많은 대중이 결국 마음속 의존성을 '위탁'시키는 데 성공했다는 점이다.

그리고 그렇게 번 시간 동안 방공 시스템을 만들고, 다음 공격을 막아 내 그 시스템을 증명한다.

그것이 몬티와 미스터 갈리폴리…… 아니, 미스터 체펠린이 맺은 계약이었고.

―됐다! 됐어!! 목표 격추!
―잘했네, 호커 군!! 정말 잘했어!! 자네가 내 목숨을 구했군!!

레이노 조지 포커, 루이스 스트레인지(Louis Strange) 등. 영국군의 에이스 파일럿들이 총출동한 벨기에 상공에서 결국 LZ—37 폭격 비행선 그라프 체펠린을 폭파시키는 데 성공했다.

"이걸로 당분간 나나 처칠 의원이 공격받을 일은 없을 거야."

몬티는 배부른 듯 말했다.

"여기에 쾰른, 뒤셀도르프를 비롯한 비행선 공장까지 폭격할 예정이니까. 이거면 당분간은 조용하겠지."

"제발 그래 줬으면 좋겠다."

나는 그렇게 말하며 슬며시 로스차일드에서 들어온 보고를 흘낏거렸다.

영국 형제단의 후원자이자 전 보수당 하원의원, 토마스 드워(Thomas Dewar) 남작을 배임과 횡령, 그 외 기타 등등 혐의를 붙여서 완전히 묻어 버렸단 보고였다.

이제 우리 글로벌 미디어사가 언론에서 이것을 대대적으로 보도하기만 하면, 짠.

영국 형제단은 입으로만 전쟁을 외치고 뒤로는 온갖 불법을 저지르는 반국가단체가 되는 거지.

후후, 이게 언론 플레이다 이 애송이들아.

물론 이걸로 완전히 묻어 버리려면.

"전투에서 이기는 게 제일 중요한 거 아니냐?"

"뭐, 그거야 나보단 존 젤리코 총사령관 할 일이고―."

몬티는 그렇게 말하며 지도 위 북해 중앙부.

영국과 프랑스, 스칸디나비아반도 사이에 위치한 해역을 바라보았다.

옆에는 작게, 'Dogger Bank'라고 쓰여 있는 바다였다.

"솔직히 정면 대결로는 질 것 같지 않으니까."

도거 뱅크 해전의 승리.

몇 시간 뒤, 글로벌 미디어사가 대대적으로 홍보할 약속된 승리의 해전이었다.

흰 깃털단

도거 뱅크.

네덜란드의 어선인 도거(Dogger)가 돈, 그러니까 청어와 대구를 마치 은행에서 돈 인출해 오듯 퍼오는 물 반 고기 반의 세계적 어장.

하지만 전쟁이 터진 지도 1년 반쯤 된 지금, 그곳의 물은 그대로지만, 고기 종류가 바뀌었다.

씨푸드에서 게르만—미트로프로.

"또, 또 졌어?! 또 졌단 말이냐!? 저 황인종 놈들은 아예 전멸시켰다는데, 우리 대양함대는 대체 뭘 하고 있는 게냐!!"

"죄, 죄송합니다. 폐하! 제게 한 번만 더 기회를……!"

"닥쳐라! 잉게놀, 네놈은 해임이다(You're Fire)!"

보고를 올린 그 자리에서 대양함대 사령관이 순식간에 날백수가 되어 버렸지만, 황제의 분노도 그럴 만했다.

 체펠린 비행선을 이용한 폭격도 실패.

 반평생 투자해 온 대양함대는 무용지물.

 서부전선은 끝없는 수렁 속에서 허우적대고 있었으니, 폭발하지 말라는 것이 무리다.

 게다가.

 "후우! 영자 신문이나 좀 가져와라. 영국에서 얼마나 두려워하고 있는지 봐야겠구나!"

 "폐하, 송구하나……."

 "이…… 또 이 망할 놈의 기사냐?! 영국인들은 같은 게르만족이면서! 그깟 벨기에 빨치산 놈들 좀 죽였다고 어찌 이리 우리 독일인들을 괴롭힌단 말이냐!!"

 슐리펜 계획은 벨기에를 마치 임진왜란의 조선처럼 취급했다.

 물론 벨기에의 땅 크기가 조선의 30% 정도밖에 되지 않아, 스피드킹의 전례를 따르기 전에 국토가 짓밟히고 말았지만, 그들의 반응은 비슷했다.

 ─꺼져라, 침략자 놈들!
 ─이 초콜릿 군인(Schokoladensoldaten) 놈들이! 프랑스가 공격해 오는 걸 지켜 주겠다는데도 건방지게!!
 ─닥쳐! 벨기에인들은 일어나라! 훈족 야만인 놈들을

몰아내라!!

 의병. 영어로는 게릴라. 러시아어로는 파르티잔. 프랑스어로는 프랑—티뢰르(franc—tireur).
 격렬히 저항하는 벨기에 민병대에 대해, 벨기에 주둔군인 제2군 사령관 카를 폰 뷜로(Karl von Bülow)의 대응은 간단했다.

 —죽이게.
 —예?
 —어차피 먼저 죽은 건 루뱅(Louvain)에서 사망한 우리 병사가 아니던가? 다 죽여. 어차피 저항할 놈들인데 무슨 상관인가.

 일상적이고도 목가적인 한마디.
 그러나 그 한마디로 벨기에에서는 남녀노소, 심지어는 가톨릭 성직자까지.
 때리고 강간하고 늘어놓고 쏴서 죽이는 학살극이 벌어지기 시작했다.
 그렇게 최소 6천 명의 벨기에 민간인이 입증되지도 않은 **빨치산** 혐의로 독일군에게 직접 학살당했고, 그 3배에 달하는 인구가 간접 살해당했으며, 총 3만 명의 벨기에인이 살해당했다지만⋯⋯ 그게 뭐 어쨌다는 말인가?

빌헬름 2세는 당당했다.

"벨기에인들이 먼저 비겁하게 우리의 뒤통수를 친 잘못 아닌가! 게다가 그들은 뭐 깨끗한가? 콩고에서 대학살을 일으킨 레오폴드! 그놈의 신민들 아니더냐!! 나는 잘못이 없다!!"

역시 '신민들의 공헌은 황제인 내 것. 내 잘못은 신민들의 것'이라는 극한의 퉁퉁이식 전제 황제다운 말이었고, 그런 황제의 말이 퍼져 나가면서 더더욱 서방의 신문들은 가열 차게 그를 공격하였으니…… 로열 비터 주스라도 마신 것처럼 의욕이 쭉쭉 떨어져도 이상할 게 없다.

원 역사에서는 여기서 동부전선의 승전이라도 황제의 작고 소중한 컵케이크가 되어 줬겠으나…….

─또 도망치는군.
─죄송합니다. 각하. 제게 좀 더 예산과 시간이 있었더라면……!
─자네 탓이겠나. 우리 황제가 병신인 탓이지.

동부전선 자체가 저평가받고, 힌덴부르크와 루덴도르프는 제대로 된 지원과 보급을 받지 못하고 있었으니.

소소한 승전은 전할 수 있더라도 황제의 소화를 도와줄 제로 라임 콜라 같은 시원한 승전보는 전할 수 없었다.

그나마 오스트리아─헝가리와 함께 공세를 펴 보겠다

는 제안 자체는 받아들여지긴 했지만.

―그…… 우리 졌는데요?
―??
―아니, 상대가 너무 세다고!

알렉세이 브루실로프(Aleksey Alekseyevich Brusilov).

러시아 제국 최후의 명장이라는 명성이 자자한 그가 등판하고, 갈리치아(현재 우크라이나―폴란드 접경) 방면에서 오헝 제국의 군세를 갈아 버리자, 양면 공세는 완전히 물 건너가 버렸다.

심지어 러시아가 참전하면서 신나게 선전 포고한 세르비아와, 러시아는 죽도록 싫지만 그래도 영국과의 우정을 위해 임시동맹을 맺은 오스만 제국이 참전하면서 오스트리아―헝가리 제국은 오히려 삼면공세를 걱정해야 할 판.

게다가 보르실로프가 빠르게 승진, 황제(皇弟) 니콜라이 대공 대신 대독 전선 총사령관으로 임명되면서 동부전선에서의 공세 난이도는 더더욱 높아질 뿐이었다.

평범하게 생각하면 이에 맞춰 공세를 늦추거나 아니면 추가적인 지원을 해 줘야 마땅하지만, 베를린의 눈은 오매불망 서부전선의 승리만을 바라보고 있었으니…….

"위대한 튜튼 기사단의 후예, 독일의 자랑스러운 기병대가 아무런 효과가 없다니."

"기병의 시대는 갔어. 포병, 한 대의 포라도 더 끌어와야 한다!"

"제공권! 항공 정찰을 통해 적의 움직임을 흘리드스키얄프(Hliðskjálf: 오딘의 옥좌)에 앉은 듯 알아야 한다. 그러지 않으면 대규모 폭격도 기병대 투입도 무용지물이다!"

여기서 그나마 황제의 스트레스를 풀어 주는 소화제가 튀어나왔다.

"하, 호커라니! 느려터진 비행선 하나 터트리고는 아주 기고만장하기는."

"역시 전쟁은 그런 느림보로 하는 게 아니야. 우리 같이 젊고 유능하고 빠른 비행기 파일럿들이 하는 거지!"

'기동'의 막스 임멜만(Max Immelmann)과 '금언'의 오스발트 뵐케(Oswald Boelcke).

보어 전쟁 이후, 독일이 심혈을 다해 키워 낸 M—Z한 두 천재 에이스 파일럿들이었으며 역사의 뒤틀림으로 무사히 은퇴했다가 말년에 다시 군대로 끌려와 생고생 중인 릴리엔탈의 제자들이기도 했다.

둘은 영국의 에이스, 라노에 조지 호커가 빠진 서부전선에서 마치 쟁 게임 악질 PVP 길드 플레이어처럼 협상국 파일럿들을 양민 학살했고, 제공권을 독일의 것으로 되돌려 놓는 데에 성공했다.

"훌륭하다, 훌륭해!! 역시 세계를 주름잡는 독일의 공군이로다!! 자, 임무를 수행했으니 마땅히 보상받아야지!"

"감사합니다, 폐하!"

그들의 넥타이에 수여되는 푸르 르 메리트(Pour Le Merite).

그 찬란한 푸른빛 십자 훈장이 수여된 것은 체펠린 비행선을 침몰시킨 호커가 가터 훈장을 수여 받은 데에 대한 대항이라는 의미가 더 컸지만, 그게 중요한가? 어쨌든 중요한 것은 독일인들이 희망을 얻는 것인데.

하지만 제공권과 대규모 포격은 참호를 돌파하는 최소 조건 중 하나일 뿐.

한두 번 스캐너를 켜고 가루를 뿌려 잠시 맵을 밝힌다 해도, 대규모 포격은 그 비용이 대단히 비싸고 야포 자체의 성능도 만족할 만한 것이 아니었으며, 또 의외로 땅속에는 효과가 애매하다 보니 금방 다시 재정비를 마치고 진흙탕 전투가 되는 경우도 부지기수였다.

황제가 공군에게 블루맥스 훈장을 수여하는 동안 땅개들은 열심히 머리를 맞대고 고민했다.

"결국, 참호 자체에 대한 근본적인 대응책이 필요하오."

"독가스는 어찌 됐소?"

"쓸 수 있는 때가 한정적이긴 하지만, 확실히 쓸 만은 하오. 살상 능력이 있는 가스는 국제법 위반이라 못 쓰지만, 최루탄이나 구토 작용제 같은 비살상용도 효과를 보는 경우가 꽤 있고."

"특히 프랑스 놈들이 내보내는 미개한 아프리카 흑인들은 무식해서 그런지 더 벌벌 떨더군. 이거 보시오. 포로 놈이 진의 저주를 받았으니 이맘을 불러달라 했다던데. 푸하하!"

잠시 가벼운 웃음이 지나갔지만, 그들은 이내 깊은 한숨을 내쉬어야 했다.

독가스는 확실히 효과가 좋다. 하지만 왠지는 모르겠지만 그들이 독가스를 쓰기 시작하자, 저쪽에서 검은 마스크를 쓰기 시작하는 거 아닌가.

방독면이라 불리기 시작한 그것의 등장으로 독가스는 단숨에 애물단지로 전락하고 말았다.

독가스의 최대 단점, 아군과 적군을 가리지 않는다는 점 때문에 말이다.

되려 독가스를 살포하고 갑자기 바뀐 바람 탓에 아군이 절멸하여 라인이 밀리는 웃기지 않은 일도 벌어지니.

"결국, 독가스가 답이 아니었던 것인가."

"그렇다면 참호를 뛰어넘으려면 무엇이 필요한가?"

"독가스x1000?"

"쟤 끌어내."

헛소리하던 융커가 끌려 나갔고, 남은 이들은 다시 심도 깊은 회의를 시도했다.

"문제는 철조망도 짓밟을 수 있고, 기관총에도 멀쩡할 수 있는 무언가요."

"그런 게 말이 되오? 뭐, 육상 전함이라도 가져다 놓으시게?"

"……그거다!!"

"응?"

융커는 프로이센의 군사 귀족이다.

기득권을 틀어쥐고 나라를 제멋대로 굴릴지언정, 선진 문화와 높은 교양을 향유해 왔다.

그래서 그들 중에는 영국의 수준 높은 소설 문화를 향유한 융커도 있었으니…….

"자, 이것 좀 보시오!"

"이건 SF소설 아니오? 〈두 발의 총성〉? 처음 듣는군."

"인기가 없어서 묻힌 소설이긴 한데, 나름 재밌소! 그리고. 여기 우리의 타개책이 있소."

"으음……."

독일 융커들은 너덜너덜한 그 책을 돌려보았다.

당연하지만 소설 자체는 참으로 터무니없는 허구 그 자체였다.

"황태자를 암살하여 전쟁을 촉발시킨다고? 근위대는 노나?"

"고작 이 작은 나라의 독립 운동 때문에 세계 대전이 터진다고? 뭐, 확실히 판이 이렇게 짜여 있으면 그럴 만하지만, 원래대로라면 그 전에 누군가 나서서 중재부터 하겠지."

"세계 최고의 해군을 가진 사자가 칠면조들의 전함을 훔쳤다가 적으로 돌려? 게다가 제대로 된 항구도 없는 반도 끝자락에 꼬라박아서 전멸하고? 허, 누가 쓴진 몰라도 굉장히 멍청하군. 그런 나라의 해군장관이 이렇게까지 어리석을 리가 있나."

"등장인물의 지능은 작가의 지능을 넘지 못한다잖나. 그럴 만하지."

장막을 들추고 범인류사의 진실을 엿보았지만, 융커들은 그것을 단순한 헛소리라고 치부했다.

합리적인 그들이 생각하기에 이 소설 속 등장인물들은 멍청해도 너무 멍청했으니까.

하지만.

"참호전의 묘사만큼은…… 대단히 훌륭하군."

"핏덩이 지고, 흙과 시체 썩는 냄새가 진동하지. 으음. 묘사는 참으로 빈약한데…… 알고서 보는 거니 심상이 전혀 달라."

"……나, 잠깐 화장실 좀."

어쨌든, 제법 볼 만한 글이다. 그것이 독일 융커들이 〈두 발의 총성〉에 내린 결론이었다.

그리고.

"이거로군."

"트랙터에서도 사용하는 무한궤도, 사방팔방으로 움직일 수 있는 선회식 포탑, 그리고 기관총을 무시하는 강력한 장갑……."

"그래, 우리가 바라던 게 바로 이거야."

그들 중 한 명.

융커는 아니지만, 공병대대에서 두각을 드러내고 있던 어느 한 명의 장교가 눈을 빛냈다.

"전차…… 이것이 바로 해답이다!!"

오스발트 루츠(Oswald Lutz).

독일 기갑의 아버지가 될 남자는 곧장 독일의 모든 자동차 회사에 설계도를 그려 보냈다.

* * *

한편.

독일이 이렇게 참호전의 악몽을 벗어나기 위해 몸부림치고 있는데, 상대국인 영국과 프랑스가 가만히 있을 리 없었다.

프랑스는 홈그라운드에서 싸운다는 이점을 살려 콘크리트 요새에서 방어하고, 무인 지대를 최대한 연장시킨 뒤 포병 화력으로 적을 타격하는 쪽을 선택했다.

영국은 무인 지대를 최대한 줄이면서, 더 많은 병사들을 일거에 밀어 넣는 방향으로 가닥을 잡았고 이를 위해서는 더 많은 병사를 필요로 했다.

그래서.

"......이런 제안을 받으셨다고요. 포터 양."

"그렇습니다. 작가님."

베아트릭스 포터는 결연한 눈으로 말했다.

"저는, 이것이 도저히 옳지 못하다고 생각합니다."

그렇게 말하는 그녀가 내민 손에는.

비둘기의 하얀 깃털이 놓여 있었다.

* * *

작가 연맹은 기본적으로 작가들의 모임이다.

하지만 그렇다고 작가들에게만 개방된 곳도 아니다.

작가란 대단히 폐쇄적이고, 반사회적이며, 불건전한 인간관계를 맺는 생물이지만, 그렇다고 해서 무조건적으로 사회적 인간관계를 닫아 버린 건 아니었다.

대표적인 경우가 바로 편집자.

이미 작고한 조지 뉴스나 은퇴한 리처드 벤틀리를 비롯한 여러 편집자들은 일부 작가들의 비탄에 찬 반대를 무릅쓰며 연맹에 들어와 원고를 강탈…… 아니, 수거해 갔다.

그리고 그들의 후학이자, 당당히 〈웨스트민스터 리뷰〉의 편집장으로 승진한 메리 킴―밀러.

그녀는 작가 연맹의 집필실에 담당 작가들을 몰아넣은 뒤, 선현들이 남기고 간 편집계의 3종 신기인 '마감 엄수의 검'을 허리에 차고 '데드라인의 알람 시계'를 두드리며 '잠 깨우는 메가폰'을 입에 대고 말했다.

〈자자, 빨리들 씁니다.〉

"언니, 나 손이……."

"메리가 무서워, 흑흑."

〈둘 다 손가락 보이지? 마감이 우스워?〉

전쟁이 터졌지만, 그래도 인쇄기는 돈다.

'전시 물자'라는 명목하에 대다수의 잡지가 펄프 사용 규제를 맞았지만, 그래도 언론이 멈추면 소식을 전할 수 없는 법.

〈웨스트민스터 리뷰〉도 적게나마 출판을 계속하고 있었고, 더 많은 사람에게 정보와 즐거움을 전하기 위해 소속 작가들을 쥐어짜 내고 있었다.

그러니까.

〈여러분의 손끝에 영국의 미래가 걸려 있습니다. 그 원고량에 잠이 옵니까?〉

살짝 잔혹해져도 어쩔 수 없다. 이 모두가 영국을 위해서니.

암, 그렇고 말고.

그런 그녀를 보며, 동생 메리 밀러는 저 마검이 언니를 홀렸다고 주장했고, 친구 버지니아 스티븐은 원래 그랬다며 눈물을 흘렸다.

"어머, 아직 그러고 있어요? 커피들 드시면서 하세요."

"아, 포터 작가님. 그러지 않으셔도 되는데."

"메리 것도 있어요. 호호."

그때 문을 열고 들어온 동료 여류 작가 베아트릭스 포터가 세 사람 몫의 커피잔을 내밀었다.

향긋한 고—급 커피 향이 순식간에 집필실을 가득 채웠다.

"오, 오오……!"

"커피……!"

"어휴, 어쩔 수 없지. 그러면 10분간 휴식."

매지는 한숨을 쉬며 메가폰을 내려놓았고 알람 시계를 재설정했다.

그리고 자리에 앉아 커피와 비스킷을 즐겼다.

"그런데 커피를 들고 오다 느꼈는데, 사람들이 많이 줄었네요."

"젊은 사람들은 전부 전쟁터 나갔으니까요."

현재 영국의 공식적인 모병 연령은 18세에서 39세까지.

여기에 속하는 시그프리드 서순(Siegfried Sassoon)이나 데이비드 린지 등의 작가들은 스스로 자원했고, 그보다 나이 든 작가들…… 대표적으로 허버트 조지 웰스나 길버트 체스터튼 등은 군종 기자로서 프랑스에 건너간 상태였다.

덕분에 독일의 벨기에 학살이 순식간에 퍼져 나갔지만, 그에 비례해서 문학을 써야 할 사람들이 사라졌으니…… 그런 그들의 빈 자리를 메워야 할 여류 작가들은 그저 죽을 맛이었다.

그렇기에.

"참, 나츠메 작가님도 남았어요."

"그분은 일본인이잖아요? 오히려 목숨이 위험할 판인데."

"잠시 저희 고향 집에 세 들기로 했어요. 당분간은 위험하니까요."

10분만 쉬자는 이야기는 어느새 주변 이들의 신변잡기로 꽤 길어지기 시작했다.

버지니아 스티븐이 아예 이 틈이다, 라면서 몰래 꿀잠에 들어갔고 베아트릭스 포터는 그녀에게 조의를 표하며 열심히 다른 이야기로 매지의 눈을 돌렸다.

"그러고 보니 서머싯 몸 작가님은 어디 가셨대요? 자원했단 얘긴 못 들었는데."

"그러게요? 무슨 외교부인지, 아니면 해군 장교인지가 찾아왔다고는 하던데……."

그렇게 도란도란 이야기가 나누어지던 도중, 문이 열렸다.

"어머나, 여기 다들 모여 계셨군요."

"워드 작가님? 무슨 일이세요?"

원로급 여류 작가, 메리 어거스타 워드(Mary Augusta Ward) 부인의 등장에, 매지는 의아한 눈을 할 수밖에 없었다.

물론 그녀와 썩 나쁜 관계에 있는 것은 아니었다.

아니, 정확히 말하면 그럴 수 없는 관계였다.

누가 감히 〈밀리와 올리(Milly and Olly)〉, 〈로즈 부인의 딸(Lady Rose's Daughter)〉, 〈윌리엄 애쉬의 결혼(The Marriage of William Ashe)〉 등의 인기 소설을 집필한 여류 작가이자, 이미 몇 년 전에 데뷔 30주년을 맞이했던 대선배를 무시할 수 있을까.

"호호, 별거 아녜요. 한번 여러분과 이야기를 나눠 보고 싶어서요."

"아, 예! 물론 상관없죠."

매지는 황급히 잠에 빠진 밥버러지…… 아니, 버지니아를 치우고(침대로 옮겨 줬단 뜻이다), 그녀의 자리를 만들었다.

그 처참한 광경에 고개를 끄덕여 감사를 표한 워드는 쓸쓸한 미소를 지으며 말했다.

"고마워요. 요즘 에디스도 서섹스로 내려가서 그런가, 너무 심심하더라고요. 휴우, 나이 먹고 주책이죠? 호호."

"아니에요. 저희도 그분의 빈 자리를 많이 느끼고 있는걸요."

조지 버나드 쇼와 함께 페이비언 협회를 이끌며, 사회파 대중작가의 한 획을 그은 여류 작가인 에디스 네스빗.

그녀는 최근 나이가 들었음을 통감했는지 서섹스에 두 번째 집을 마련하고 은퇴 준비하고 있었기에 작가 연맹에 출석하는 일은 많이 줄어들어 있었다.

"그녀가 참 열정적이고 훌륭한 사람이었지요. 단순히 작가로서가 아니라, 이 갑갑한 시대에 깨이고 열린 마음을 가진 사람이었어요. 나도 참 많이 배웠죠."

"아, 예. 저도 그분께 참 많이 배웠어요."

"저도요. 동화라는 게 단순한 게 아니구나 했죠."

단순한 빈말이 아니었다.

베아트릭스 포터는 〈피터 래빗〉을 연재하며 작가 연맹에 들어와 같은 동화 작가에 선배인 에디스 네스빗에게 이것저것 글 쓰는 팁을 여럿 전수받았고, 매지 킴—밀러는 원로 작가인 그녀와의 관계에서 편집자와 작가 간에 지켜야 할 거리감에 익숙해질 수 있었다.

사실 어렸을 때부터 보아 온, 어느 미래인과 그 담당 편집자 겸 출판사 사장 사이의 그것은, 정상적인 작가와 편집자 간의 그것이라기엔 뭐랄까…… 주종관계에 더 가까운 무언가라 해야 할까? 한쪽에서 갈구하고 다른 쪽에서 세례하는 관계라고 할까…… 아무튼 업계적으로 특이한 케이스임이 분명했다.

'그리고 무엇보다…….'

한슬로 진.

그가 정체를 밝히고, 정당한 평가를 받을 수 있는 세상을 만들고 싶다.

그렇게 생각해 정치계와 언론계로 진출한 것이 몬티와 매지 남매인 만큼, 이전 세대의 투사이자 페이비언 협회의 창립자이기도 했던 에디스 네스빗은 여러모로 존경할 만한 선배이기도 했다.

지금은 거기에 메리 밀러가 추가되긴 했지만, 방향성은 크게 다르지 않았다.

여성이든 아시아인이든, 어쨌든 이 편협한 영국 사회에서 인식을 바꿀 필요가 있는 존재라는 것은 확실했으니까.

그리고 그런 생각을 하는 표정이 어떻게 보인 것인지, 메리 어거스타 워드는 슬며시 미소를 지으며 말했다.

"그렇군요. 그렇다면— 에디스에게 부탁하려고 했던 것을, 여러분에게도 부탁해도 될까요?"

"예? 저희한테요?"

"예. 젊은 나이에 〈웨스트민스터 리뷰〉의 편집장까지 올라온 킴 부인과, 〈피터 래빗〉의 작가이자 페니실린을 발견한 포터 양이라면…… 분명 큰 힘이 될 거예요."

"무슨 활동을 하시길래…… 아, 교육 쪽이라면 〈앨리스와 피터〉 재단 쪽으로 말씀해 주시면 돼요."

매지는 순간 워드 부인이 여성 교육 협회의 창립자 중

한 명으로서, 옥스퍼드를 비롯한 여러 대학의 입학을 허용할 것을 주장하는 사회운동가라는 것을 떠올리며 답하였다.

물론 한슬로 진은 '대학? 그냥 내가 세우면 되잖아?'라면서 그냥 이스트엔드 종합학원에 대학 과정을 신설하고 메리를 밀어 넣었지만, 그건 뭐…… 한슬로 진이니까 가능한 거고.

"아, 물론 재단의 후원금도 큰 힘이 되고 있어요. 하지만 제가 빌리고 싶은 건 두 분의 명성이에요."

"명성이요?"

"최근 제가 만나고 있는 사회 인사 중에 찰스 피츠제럴드(Charles Cooper Penrose—Fitzgerald) 제독이란 분이 계셔요. 지금은 은퇴하셨지만, 지중해 함대의 부사령관까지 올라가셨던 분이죠."

워드 부인은 푸근한 미소를 지으며 천천히 설명했다.

매지는 제 동생의 해군장관이라는 자리를 떠올리며 체면상 말했다.

"아하…… 예, 얼핏 들어 본 적이 있는 것 같아요."

"호호, 너무 그렇게 예의 차릴 필요 없어요. 우리끼리 얘긴데."

"아, 예……."

물론, 이런 자리를 수도 없이 다녔을 프로 중의 프로에게는 씨알도 안 먹혔지만.

"그래서…… 그분은 최근 전쟁에서 많은 이들이 모병에 응했지만, 그럼에도 전쟁터에서는 더 많은 군인이 필요하다는 것에 안타까워하고 계세요."

"아, 네. 그건 어쩔 수 없죠."

이미 〈에드먼드의 귀환〉을 계기로 팬덤 내에서 모병을 독려해 본 베아트릭스 포터가 고개를 끄덕였다.

결국 모병은 개인의 의지에 달린 문제다. 애초에 아무리 전쟁이 격화되었다 한들, 군대에 마구잡이로 집어넣을 수는 없는 노릇 아닌가.

당장 저 '산트렐라의 노래' 회장부터 재입대하겠다는 걸, 그 나이에 무슨 재입대냐고 동지들과 뜯어말린 적도 있고.

하지만 워드는 그렇게 생각하지 않는 듯했다.

"제독님은 전쟁에서 더 많은 젊은이가 용기를 내고, 군대에 입대할 수 있도록 격려할 수 있는 캠페인을 생각하고 있어요. 동시에, 여성들 또한 이 전쟁에서 어떠한 역할을 하고 있다는 것을 보여 줄 수 있는 방안이기도 하지요."

"아하…… 어떤 방법인데요?"

"이거예요."

그렇게 말하며 워드 부인은 품에서 수첩을 꺼냈다.

정확히 말하면 그 수첩에 끼어 있던 하얀 깃털을 내보였다.

"이건……."

"하얀 털, 그의 하얀 털. 그는 겁쟁이라네. 하얀 털을 가지고 있다는 것은, 진정한 장닭이 아니란 뜻이라네(White feather, he has a white feather, he is a coward, an allusion to a game cock, where having a white feather, is a proof he is not of the true game breed)."

"……프랜시스 그로스(Francis Grose)군요."

"맞아요."

활짝 웃은 워드가 고개를 끄덕여 말했다.

"이 하얀 깃털을, 모병에 응하지 않은 이들의 정장 가슴 주머니에 달아 주면 어떨까 해요."

악의 없이 선한, 그렇기에 더욱 잔혹한 미소였다.

* * *

"아니, 그게 될 리가 없잖습니까."

나는 골치 아프다는 듯 고개를 저으며 말했다.

베아트릭스 포터 양은 그런 나에게 침울한 표정으로 고개를 끄덕이며 말했다.

"그러잖아도 저희도 물어봤어요. 그, '흰 깃털단'이 공무원이나 전역자들이나 휴가 나온 사람들이라거나……그런 사람들에게 깃털을 잘못 건네면 어떻게 하냐고요."

워드 부인은 태연하게 웃으며 말했다고 한다.

'딱 보면 알지 않겠느냐'고.

"만약 잘못했다고 해도 지성인들끼리 합리적으로 대화해 보고 사과하면 받아 줄 거라고요."

"아이고야."

이래서 19세기 물이 덜 빠진 어설픈 낙관적 합리주의란……

똑똑한 사람이기에 더더욱 빠지기 쉬운 '사람은 의외로 감정적인 생물이다'라는 관념을 받아들이지 않는다.

왜? 자기들은 T거든. 남들도 다 T라고 생각하는.

"어쩌죠, 작가님?"

"어쩌긴요."

나는 한숨을 내쉬면서 등 뒤의 소파에 몸을 묻었다.

이놈의 해병 국가. 진짜 내가 고작 이 정도 찐빠까지 커버 쳐줘야 하나?

"프로이트 교수님이 계시는데 무슨 걱정입니까."

낙관적 합리주의를 깨부수는 가장 좋은 방법.

우선 그 합리주의가 합리(合理)라는 환상부터 깨부숴 주겠어.

(대영 제국에서 작가로 살아남기 16권에서 계속)